U0901663

漳州作家丛书
陈燕松／主编

守望一片海

老皮／著

中国华侨出版社
·北京·

图书在版编目（CIP）数据

漳州作家丛书 / 陈燕松主编 .—北京：中国华侨出版社，2018. 10

ISBN 978-7-5113-7767-8

Ⅰ . ①漳… Ⅱ . ①陈… Ⅲ . ①中国文学—当代文学—作品综合集 Ⅳ . ① I217.1

中国版本图书馆 CIP 数据核字（2018）第 216910 号

漳州作家丛书：守望一片海

主　　编 / 陈燕松
著　　者 / 老　皮
责任编辑 / 高文喆　王　委
责任校对 / 孙　丽
经　　销 / 新华书店
开　　本 / 670 毫米 ×960 毫米　1/16　印张 /324　字数 /4281 千字
印　　刷 / 三河市华润印刷有限公司
版　　次 / 2018 年 11 月第 1 版　2020 年 2 月第 2 次印刷
书　　号 / ISBN 978-7-5113-7767-8
定　　价 / 980.00 元（全 24 册）

中国华侨出版社　北京市朝阳区西坝河东里 77 号楼底商 5 号　邮编：100028
法律顾问：陈鹰律师事务所
编辑部：（010）64443056　　64443979
发行部：（010）64443051　　传真：（010）64439708
网　址：www.oveaschin.com
E-mail：oveaschin@sina.com

《漳州作家丛书》总序

漳州是中国历史文化名城，历史悠久，文化深厚。在文化的星空，群星璀璨，先后涌现出黄道周、林语堂、许地山、杨骚等文化名人，令我们引以为傲。

四十年改革开放，四十年风雨兼程。漳州土地，生机盎然，文学创作也迎来繁荣发展的春天。应是春风吹拂，应是文脉相承，一支包括了老、中、青三代作家的队伍正在悄然形成。2004 年，漳州市宣传部、漳州市文联编辑出版了第一套《漳州作家丛书》，有十二人，十二本。时隔十多年，在祖国改革开放四十周年的今天，漳州市宣传部、漳州市文联再次编辑出版第二套《漳州作家丛书》，展现活跃在省内外文坛的二十四位当代作家的创作风采。十二到二十四，这不仅是作家作品数量的增加，更是漳州文学创作水平质的飞跃。

《漳州作家丛书》的出版，旨在展现漳州作家的创作成果和创造实力。以期让更多的人，通过这套丛书，了解漳州，关注漳州，热爱漳州。同时，我们也希望，通过这套丛书的出版，能够激发漳州作家深入生活，体验人生，潜心于文学创作，用更好的作品回馈家乡，回馈人民，回馈时代。

《漳州作家丛书》编委会

2018 年 10 月 1 日

目 / 录

第一辑　守望一片海

第二辑　疑似乡愁

第三辑　风吹浮世

第四辑　雨花帖

第五辑 盛大的秋天

第一辑　守望一片海

守望一片海

爱来过，或消失过
并没有任何征兆
不信你看
我试图守望的一片海
与天蓝，与风在
唯独不见，我们前世相约的那个岛

我最初见到的波澜
依旧伤心欲碎
远到了天边，还惦记着海角
一浪一浪，痛心疾首
拍打着空出的怀抱

止不住的蓝，千回百转，前赴后继
比绝望更美，比火焰更高

蔚蓝

离我远一些的海浪如同梦呓
琴声悠扬的时刻 我取消了
瞭望 更远处是比蓝更深的蓝
再退后几步是三角梅最柔软的梦乡
六月前倾 黑白相间的细节
让我沙哑的歌声更加遥远
仿佛绵绵细雨对应了内心的渴望
但你不是一个守着相思树
就可以流泪的人
身穿印花蓝布的女子 暗香浮动
在私奔的无眠中想象白鹭亮翅的模样
而如今我已无力挥霍激越的爱
把最后的手势省略
就像另一种手势 一点一点地
从音乐深处 渗透出无限的
蔚蓝

澎湃

犹如等待一场不可预知的旅行
蓝，蔚蓝，深蓝，注定要衬托出
天空的高远。无须更多的表达
我甚至可以看到一种隐匿的羞涩
在你嘴唇紧闭的微笑里
荡漾出大海春暖花开的斑斓

那些初始以为不可改变的纯色
现在居然奔跑起来。蓝铺开
时光也就渐渐地老了
你先是默念着我的名字
又把一棵苦楝树结下的籽
深埋于独自悲壮的情怀
日复一日，让风声像煮沸的水
澎湃我的疲惫，哀伤，和欢爱

东门屿

渡过沧海，打开东门
最初的眺望者已漂泊异乡
远处，浪花开得正艳
而时光的另一部分
始终跟随着大海摇晃
我再度看到的风景和归宿
空阔地，把黑礁石洗亮

或许，我的步履还是显得沉重
一个人站成了木麻黄
仍须收敛相思树满怀的惆怅
其实，无论选择哪个方向
大海上所有的道路都是流浪
风，也依旧吹动着我内心的盐
转身我才发现，所有的尘世都是故乡

南门湾

我左耳失聪，沉浸于一个故事
大海打开的波澜，让我束手无策
浪花不停地绽放，湛蓝而诡异
仿佛我，吹开自己的骨灰
与此同时，另一些疼痛的回忆
如同说变就变的天气
阴晴不定，抖动着风云

那一刻，你只是朝我美好地微笑
安静得没有任何言语

再写南门湾

想再写写南门湾
却一时找不到更好的语言
只感觉内心波涛澎湃
仿佛有一场实力相当的战争

也罢，那就观海听涛吧
学学海边礁石上坐着的那姑娘
多么悠闲，多么沉静
或许，她和我有着同样的心情
一个人，正耐心地
等待着另一个人

在东山岛

我最先看到挺立悬崖的风动石
其次我看到东山岛的海浪
以及沙滩上那位名叫马莉的姑娘
这是在傍晚 几只海鸥在浪尖上若隐若现
那么美丽的花朵在我眼前开放
那么汹涌的欢乐使我心潮澎湃 并且
跟随着东山岛的海浪
一浪高过一浪

新霸王别姬

在东山岛，与朋友们
煮酒论英雄。顺便也谈谈
我的江山

那些相思树，那些波浪
还有风干的巴浪鱼
以及比海水更咸的聚散离合
额头上多出来的山川
闪着六月的光泽
在落日的轻抚下仿若一个心怀故国的人
我终于还是没忍住
把自己想象成为当年的
霸王

我这样想的时候，大约是醉了
世界开始倾斜
仿佛我的江山在摇晃
我与爱姬也很快就分别了
她远去的背影，飞快
神话般地，长出了翅膀

又到东山岛

每次到东山岛
我总感觉
所有欢歌笑语的荡漾
犹如一朵朵突如其来的浪花
率性地绽放
每次
望着洁净的海面
我总会想起这里最著名的巴浪鱼
那些跟随波涛闪动的美妙身段
仿佛某种隐喻，或某个方向
而今，我又到东山岛
在马銮湾，在南门湾，在快活林
最令人流连忘返的
是借着海腥味下酒
饮干自己三生的海量
尔后，静观尘世，被一步一步走远

澳角，把浪花开到岸上

更多的时候，风总是逆向的
船驶过，很快被抹去痕迹
如同人的行走，使万物退后
唯有鸥鸟不肯消隐的翅膀
扇动着潮水，一次又一次地
把浪花拍到岸上

其实，天涯并不在澳角
一字之差，却是更为博大的胸怀
横空穿过的海魂，格外湛蓝
风的吹拂，似乎已让我纤尘不染
当我注目那些挺立的桅杆
内心突然开始澎湃起来
我甚至暗暗感激风的逆向
迎面就化解了许多过往的沧桑

而我走向大海，只为抵达自己
不管天涯，就爱澳角鸥鸟的翅膀
扇动着潮水，一次又一次地
把浪花拍到岸上

穿过一座岛

或许再穿过一座岛，我会把自己
安放于一片波浪
让前世踊跃的欲望
多出几分曲线
耐人寻味的，那些突如其来的潮水
翻腾着时光的幻象
虚张声势，却不仅因为空旷

我只能故作镇定，一生
就像一座沦陷的孤岛，四顾茫然

大海之大，深不可测的汹涌
是一碰即碎的蔚蓝
除了岛，我没别的地方可以逗留
无数过客已奔向远方
而我穿过一座岛，只为寻找墓床
把自己安放于一片波浪

大海是尘世的最后一道风景

面朝大海，曾经的辽阔依旧辽阔
我却不敢随意张开胸怀
那些破碎的浪花，已先于我
回到命里

说到春暖花开，其实
就像还原一个人生活里的悲欣交集
我只是痴痴地等待着
有人在天涯海角指认出我的前生
如浪潮，每一次离去与回返
只为卸下思念，卸下牵挂，爱和记忆

我相信，大海是尘世的最后一道风景
我将从此成为顺流而下的漂泊者
有一段舒缓的时光悠悠流过
另一种内心的澎湃却拍岸而起

没有谁会是一座孤岛

无独有偶，比如树木的木
或者，树林的林
并没有更多的支撑
只是树大招风，风吹过
彤云飞渡，光影很快绕到跟前
倚窗倾听者，内心紧扣过眼云烟
一顾青丝，再顾白发
风声里轻得没有了惊叹

但，没有谁会是一座孤岛
即便我只路过一丛芦苇
每个人都像一块小小的泥土
被柔情揪出来的感伤，日渐沉淀
犹如人面桃花，沉默寡言
那么，当你偶尔把我想起
汹涌的每一朵泪花，顷刻间
已在毕生的陆地上沦陷

孤独一种

那一天我一直沉默着
独自坐在辽阔的海边
任凭夜色一点一点地将我淹没

涛声一次又一次地扑向我
一次又一次，无功而返
它们撼动不了我，黑暗中的一滴墨

悼词

一些花朵在奔跑，我相信那是大海
带来了欢乐的想象
但我更相信，一些花朵在奔跑
同时，一些礁石在腐烂

秋夜看海

在微小的心悸中
我倾听大海收放自如的潮汐
夜色美好，在灵动的
事物间，闪烁其词。像你遥远的微笑

海空旷。秋天也是。所有的浪花
只是哗的一声，都开败了
但涛声依旧，爱如潮水
孤独地拍打自己

而这秋夜里的大海
显然已趋向平和，忘了那些流浪的心绪
我虚构的一场相遇
既无欢乐，也不哭泣

突然呈现的空旷

或者再纵深一些
一粒盐，即可融化我半生的忧伤

大海的无限，停留在浪花盛开的瞬间
不可救药的是我，随波逐流地
起伏着，却一直无法抵达
那一片深蓝

就像比虚构更加真实的爱情
每一次跌宕，都有撕裂的声响
仿若来自前世的仪仗
我从未遇见的神秘事物，或欲望
在我和大海之间涌动着
突然呈现的空旷

让我执着于自己的梦幻
并为这个世界
留下一只不眠的眼

午夜在海边漫步

渐渐暗下来的海边
风凉。月亮破碎的时候
我抱紧着自己

此夜空旷。心境斑驳
一些旧梦幻，行走如灯
如海浪，一次次地扑打着
时光留下的痕迹

而我拽着的念想
恰如波涛间跃动的马群
需要打开内心的大海，容纳
那辽阔的黑暗，那波光粼粼的爱意

尤其是，像一阵海风，吹拂过
那朝朝暮暮的愁绪

晨读

昨夜倾听潮声，略染风寒
鼻塞，打喷嚏
头微痛

早晨坐在窗前，不由自主
就流泪了。但与风寒没有关联
我只是恍惚地，把自己的一首诗
连读了三遍

煎熬的盐

是不是所有海水，都能够
煎熬出盐

在一首诗里我铺展的蔚蓝
不再是你想象的模样
春天已经过去，浪花开在远处

仿佛比沉默更深的梦幻
在时间的锅里相互考验。仿佛天风海涛
激荡飞扬

仿佛我们将被推向旷远
仿佛我们已历尽沧海桑田

爱如潮水

……

而那一溜矮墙早已残破
憔悴而短
天色很美，我们却不欢而散

风在海边吹
人生如梦
梦里空无一人
我和大海，便显得格外宁静
格外的，空荡

滨海火山口

犹如一匹野马奔驰于湛蓝的海洋
浪花却在空中肆意绽放
梦想越想越美，只为换得一个回眸
或一个擦肩

始终觉得，相思成灾
便能燃起爱的火焰

谁能料想，潮起潮落的繁复
最凄美。那时的我们
多么沉醉，或天马行空
或相顾无言

波浪

我是从鼓浪屿开始复述波浪的
夜色柔美 承载着无数诗意
波浪是其中的一种 月亮
正从远处的海面冉冉升起

仿佛一个人生活 行走和眺望
驿动的心 永不停息

这是十月 时间遥对波浪轻轻荡漾
琴声曼妙依旧是从前的模样
映照着波浪的脊背波浪的呼吸

深秋的海 一只矫健的白鹭低低地飞
转身去看时 翅膀已经湿了一片
波浪在波浪之上挺立

鼓浪屿之夜

我坐在海边，看波浪澎湃
默默地，陪它孤独

我看着大海所承载的苦涩
它博大的胸怀
让人看得

直想哭

走进鼓浪屿

走进鼓浪屿，才发现
大海的波浪
与分行的诗句
是那么惊人地相似

摘一朵三角梅投进大海

一阵雨正好落下
肩上的鸟鸣
引领内心的潮汐
轻轻地
轻轻地
拍打着双桅船的航迹

当音乐漫过一个人的身体
我终于学会了
呼吸

在曾厝垵

白鹭飞过，留恋几声
一下午，面对那些我睡过的床
床上有无限的空
让我萌生了另外的念想
索性就谈谈诗，往事和童年

其中有些含义，需要哲学支持
鸟静下来时，花也谢了
这就是大海，苍茫的概念
不同于江湖
风停了，有意想不到的安闲

譬如那些我睡过的床，那沙滩上
躺着的人翻了个身，像一种掩饰
譬如我和你，相约于某个午后
雨天出神，晴天见

在安兜

又一次临近了，比深蓝更深的墨蓝
晚上八点，我经过湖里大道到了安兜
有海风，渐起五缘湾方向
先于我思想的觉醒，在墨蓝纵深之间
骤然刷出一道灰色的雾霾，突兀而耀眼
其实，这样的场景我已司空见惯
只是今晚，安兜，更像是我的素色红颜
灵魂深爱的，只因途中遇见
仿佛，诗歌里静谧无尽的涟漪
那么美，像一次新痛，覆盖旧伤

春潮

我们的歌声在海水中舒展
一浪推一浪

冰雪消融 我们在远离冬天
桃花的香味越来越近
我们的爱情突破无形的栅栏
一路平安

一些陈年的叶子已经腐烂
我们的爱情 美丽地
在海水中舒展

那一瞬间：告别

那一瞬间
我在想 抽完这最后一支烟
我就真的该走了

抬头看看
周围熟悉的景物和陌生的人群
用手机给唯一的亲人发了个短信
一切都是自然而然地
仿佛大海
永远是风平浪静

那一瞬间：抽象画廊

那一瞬间
我努力地向画廊的尽头走去
直到成为
这个抽象世界中的
另半个景观
就像阳光不动声色地拉长我的身影
并以海蚀风化的沧桑
暴露了花岗岩
脆弱的一面

那一瞬间：泊梦

那一瞬间
从青岛海滩走到厦门海滩
一个女孩慢慢地回忆起她的初恋
许多年过去了
那个已经结了婚的男人
是否依旧体魄健壮
他那海水一样湛蓝的眼神
是否依旧
微波荡漾

那一瞬间：蓝色忧郁

那一瞬间
我的忧郁在于
蓝不止是一种象征
就像大海和天空近乎是精神
那是我多年的愿望

我一直都在努力地接近
直到大海也成为
虚无的存在
使天空成为我梦想的鱼鳞

那一瞬间：永远有多远

那一瞬间
永远并不是很远
我站在海边回望一生幸福的时光
虽然有遗憾　却很温暖
暴风雨已经过去　天空
很快又晴朗了　太阳移动的路线
又开始清晰地显示
那毫不涉及时光的浩渺步履
正在我的头顶重现

那一瞬间：鸥影

那一瞬间
万里长空被一双翻飞的翅膀打开
一株死去活来的相思树
在夕阳下左右摇摆
风中瘦小的动词
跟随着迷路的水手
遥望一阵风把另一阵风吹远
疼痛 却让一首诗
站了起来

那一瞬间：海洋之心

那一瞬间
我把所有的期待像铁锚一样定下
在你飘摇的蓝色
微微起伏的韵律中
无论相隔多少漂泊的孤独

或者波光云影
总有一天你会明白
平凡的生活
需要慢慢适应

那一瞬间：厦门情歌

那一瞬间
一树燃烧的三角梅 灿烂 炫目 声情并茂
海风无意中吹蓝了我的幽思与遐想
我在环岛路指给你看的
是鼓浪屿啼血的斜阳
而在浪花簇拥的珍珠湾
白鹭的翅膀正掀动着风尘旧事
于年复一年的涛声里
把相思的字词一一擦亮

那一瞬间：半梦半醒

那一瞬间
我在每一个音符上寻找自己的脸庞
爱情像镜面上的水渍
在遥远的路途中变得模糊
浅浅的蔚蓝的波浪从远方连绵而来
带走一些我们看不见的事物
爱如潮水却令人怦然心动
或远或近 表达着无法表达的内心
轻轻 轻轻地澎湃着 若有若无

那一瞬间：海边即景

那一瞬间，雨停了
风向却开始改变
先是西北，后转东南
就像你最初的微笑和欢乐
从内心移开，被撕碎

使整个天空裂痕弥漫
卓玛，或许这些都是有所暗喻的
你看那两只海鸟正惊魂未定地起伏着
看着海水一次次地拍击堤岸

双鱼岛

因畅游的美，有了热恋的弧线
港湾里的涛声，格外的响
犹如蓝色梦想交响曲，跳跃着
鼓动梦游的鱼，跃出水面

或许是双重意象，或许更多
这世间最耐人寻味的
终究是一种情缘

崳山岛

孤独时我是路边的野山羊
默默亲吻着草地，一点点梦想
一点点遗忘

草真的很绿，花开得正好
几只蝴蝶飞过来了
一只落在花瓣上
另外一只落在羊角上
悲欣交集的我，卧回自己内心
一念之差，我甚至妄想着去滑草
经由一个普世的秋天
然后，用我仅有的爱情
去拥抱整个草原，以及
草原上汁液饱满的
娇好的乳房

其实，自然的一切拒绝想象
世界的存在已经不重要了
我偶尔也向远处眺望
传说的美好和我见到的不太一样
我只能继续发呆，哑口无言

三沙港

风暴似乎就要来临
归鸟沿着本能的轨迹，消失在
过期作废的梦想里

但大海依旧波澜壮阔，每一支桅杆
都耐心地挺立着，终生不跪
作为一个四处漂泊的人，我没有勇气
说出幸福，以及相关的事物
或许我拥有这种渴念
并且相信，鱼群会在夜里飞起来
秋天的白鹭，怀着灰暗的思想
听海风阵阵吹拂
刮过荒滩

而远处的浪花，盛开，凋谢
年复一年，却一直无法
开到岸上

牛郎岗

绵亘不断的秋雨，如失落的羽毛
温情舒展，海风吹拂我的长发
仿佛吹动我内心的经幡
在牛郎岗，除了礁石、海浪、沙滩
还有过往的红颜
其实，只为了旅途中与你相遇
我已辜负了无数美好的时光
曾经的潮起潮落，曾经的
人生几何，都已化作
天地衔接处，那一抹生命中
不能忘怀的蔚蓝
如今，当我独自踏浪前行
牛郎岗，所有欢欣的，恰如哀伤

描述一场超强热带风暴

超强热带风暴已迫在眉睫
但在另一种假设中
积蓄已久的痛楚
将正面袭击另一次爱情

在闽南柔美的海岸线上
波浪，正推动你向我靠近
曾经的，澎湃的潮汐
一次又一次地贯彻着内心

可以想象的是
惊心动魄并非一种宿命
而我们恰好身临其境
在一场超强热带风暴中相遇
从此，将余生抱紧

天文大潮

把汹涌托付给澎湃，多么像哀愁
例行的灾害却总是来去自如
潮水洗白的骨头，我要留给自己
留给天风海涛的打击

勇往直前，但依旧是虚无
海水倒灌的天文大潮，所向披靡
如同千军万马势不可当的铁蹄
甚至最伟大的尘埃
也不得不，退避三千里

然而，风暴背面是我的命运
我已无处可逃
危机四伏的死亡演习
像梦境一样，却又超越现实
重复着我的苦难，重复着
我内心里桀骜不驯的一个个奇迹

一念之间的中年

当我们习惯沉默，像中年
掩饰或者忍受了欲望的微焰
被水泼过，萌生一种罕见的安详
在静止下来的光线里，回首
眺望着灰尘落下又飞起
而你恰到好处的笑，暗香浮动
折射出了，最初的纯真

比所有的蔚蓝更深一些，偶尔
我会发现自己反复的陈述
无论如何，都不能
追上那些路过的人与事物
甚至，也无法抚慰年轻时的梦想

最透彻的，是体内的风湿
疼痛或深爱，只在一念之间

裸泳

在此之前，大海比我认识的
更为陌生，午后的波浪
一次次地拍击海滩
却总是无功而返。打开腹部
我才发现自己脆弱的欲望
犹如云朵铺展的白色床单
弥漫于渐渐温情的空气
紧张，缠绵。而近在眼前的天涯
不停地起伏着，许多记忆
被重新泛起，曾经的潮汐
幽幽荡漾，仿佛一副铁骨柔肠
被忽略的，旧时的叹息
像春天的小尾巴，狂乱且颓废
在澎湃中，沉静地隐于波澜

在黄昏重读海子的诗

夜色进一步深沉
模糊了万物的面容
未能够等到春暖花开的海子
将祝福留给别人
却在冬天里把我感动

这个黄昏，仿佛你一生的最初
又如同我一生的最终

穿越镜子中的水银
我打开诗集，面朝大海
在深蓝深蓝的诗句上
与一个诗人早年的怀抱
重逢

台风

上午，樱发来短信息：
台风要来了。
我回她：那就是你。

下午，樱又发来短信息：
台风真的要来了。
我依旧回她：那就是你。

傍晚，樱再次发来短信息：
台风真的来了。

这时，我听到了一群又一群奔马
在天空中疾驰。
我这样回她：你是领头的那匹
母马。

除了大海，还是大海

仿佛人世间的琐碎，都交汇成波浪
在空寂的海边，我听到自己
心潮的澎湃，一层一层地扑打过来
深重而壮烈地掩埋了所有尘埃

浪花是洁白的，一波一波地昂首怒放
没有香味，枯萎得很快，短而无救的美
深入骨髓，却不苟延残喘

大海，除了大海，还是大海
在空寂的海边，我忽略了过往和历史
开始练习遗忘。一些人与事，看似简单
却总是意味深长

第二辑　疑似乡愁

克拉克瓷

我的等待，开始是美，接着是疼痛
宝蓝、淡蓝、灰蓝，以及
更深的焦虑，更深的伤
像一些细节的音乐
生命的景色，延续而变幻

从南胜窑到五寨窑
四百多年前的故事结束了
脚下的大地一片空旷
时间是静默的
雁阵远去，秋意更浓
青花，你们摇晃着谁的荒原

谁，还在暗蓝的云后不停地张望
克拉克瓷，生活的艺术
任何一种呈现，都带动着岁月
遥远的红尘，以及红尘之上，一段段
民谣，柔美的弧线

疑似乡愁

无法描述，那么多云烟在弥漫
那么多光阴，凝成火焰
我努力了一生
被一滴泪水打翻在故乡

新歌谣

半尺高的月光 半尺高的思念
半尺高的红高粱酒 半尺高的火焰
半尺高的昙花呀
在我眼前
一闪
一现

遥想马致远小叙乡愁

不再枯藤老树，不再西风瘦马
人若断肠，哪里还会有天涯
我站在夕阳西下的小镇上
没有昏鸦，没有古道
更没有小桥流水人家

谁的孤独如此完美
哪里还有曲中僻静的村野
哪里还有平仄起伏的悲凉
甚至，我抬头低头
已看不见从前，看不见故乡

过故人庄

庄是过了
一个我曾经生活过的地方
记忆中

依旧袅袅升腾着炊烟

但，故人早已不见

仿佛漫漫时光中
偶然的某一小段时间
一场酒宴散了

江湖高远，却留下我
独自收拾
残余的荒凉过往

橄榄树

所有的诗歌都曾虚伪
唯一的这些心酸的植物
多么厚朴
把所有的岁月和乡愁承担

上好的夜色
总想穿透胸膛

游子犹在天涯浪迹
摇摇晃晃

在水一方

最疼痛的是保存在我眼中的相思树
形容憔悴
沐雨栉风
坚韧不拔
所向披靡
他们就这样晃动着我
站成我生命中苦难的风景

梦回金沙村

一定有什么被改变了
当一头牛从我梦中经过
我终于确定了
那种悠闲很值得怀念
宛如我早已消逝的童年

那时山清水秀，野花开得正好
翻过马崎山，我骑在牛背赶夕阳

流年

我以为到了远方会不一样
时间真是不可靠，我以为自己
会在某个瞬间顿悟，或者变得圆滑

但我平静如常，从回忆开始
我深知此生已老，光阴销蚀
却依旧看着，秋风把流水送得很远

似水流年

雾很大，仿佛梦还没醒
轻纱一片一片，像我翻着的书
书中的字迹和光影的移动
十分吻合，渐渐地
有风，在古旧窗棂上跑起来

转身抖落尘埃，突然想起往日
某个大雨瓢泼的夜晚
一双鲜嫩嫩的绣花鞋在青石板上
伶伶俐俐地走，从侧面看去
如同撩动一段细密婉约的琴弦

境遇

太多空虚的日子，被我一一度过
太多的人和事物就在眼前摇晃
同样的尘世，不同的境遇
除了梦幻，我再无故乡

我每天都必须小心呵护着
一个人的孤寂和念想
那些纷扬的灰烬与尘埃
甚至，还有一些旋涡里的呼喊
犹如埋在岁月深处的过往
有一束无形的光，来回奔跑
就像我最初遇见的闽南
旧梦里跳出来的诗句，渐渐地
就覆盖了我的少年、青年和中年

但日子依旧一天一天地过
虽说虚度，却已经不再那么慌乱

写给家乡的短章

水仙花的清纯让我想到初吻
九龙江，夜色收拢着翅膀
适合让远行的人及时归来

熟悉的事物渐渐陌生
陌生的事物渐渐遥远
遥远的事物渐渐就成为过往

夜晚回家的人，吹着风
风吹过江滨，似水流年
这样的段落有一些词语已经走散
诗意尚未铺展，纸上却都是起伏的波澜

致九龙江

我是你轻盈风波中的小船
时而安详，时而晃荡

每天，总有微妙的细节仿若梦想
在不紧不慢的乡音里逆流而上
从水仙花盛开的日子开始
一年四季，流淌着血脉亲缘
仿佛千年的生死契阔，被风席卷
如今，时光肥沃，往事被擦亮
江水拂岸，洗刷着两岸的乡愁
细微的流水声像一个小男孩在撒尿
失踪多年的童真，若隐若现
追随着外婆摇摇晃晃的三寸金莲
走过堤岸，去聆听返璞归真的呼唤
在我的骨头我的血液我的心跳里
不紧不慢地，铮铮作响

九龙江，我是你轻盈风波中的小船
时而安详，时而晃荡
我漂泊的乡愁哟，何处是岸

我的闽南

我经常自恋地写下：
我的闽南，我的闽南……
仿佛理想主义者的舌尖
正在舔着泪水里的盐
有一天，当我摊开手掌
却意外地发现命运的掌纹
如同拐弯处的小河，贯穿着
大地的阴影和苦难

闽南之春

在春天，世界有更多歧义
我由此开始接受
世俗的偏见
仿佛所有的背景都是一种深意
仿佛一棵闽南植物
从冬天出发，转眼间

便已改变了走向

而我也悄然掩埋了自己
漫不经心的往日时光
假如，每一种孤独都充满幻想
春暖花开之际的面朝大海
必定有一个更远的远方
在闽南，绿成诗的意象
一头撞上南墙

闽南小夜曲

一个人的深夜，咖啡般纯粹
不加糖

灯，一盏一盏地熄灭了
清静无为多好，气沉丹田多好
我就喜欢享受这样的
孤寂

尤其是，当我们相忘于江湖
那些软软的光阴的藤蔓
开始在闽南战栗着
发出欢快的呻吟和喘息

闽南夜色

推窗远眺
夜色罩着满世界的尘埃
而我知道，我的脸色有点苍白
晚风轻轻吹过某些事物
周围的景致还算不错
埋得更深的人，原本不该抛头露面
我努力克制了自己
更不想散步到你梦里徒增悲伤
黑黑的远处，灯火难以捉摸
恍惚中已有星星抵达天顶
我却依旧安身立命于大地上
我乐于面对现实，以及内心的局限
允许自己在比梦更幽深的咖啡里沉沦
聆听着你比鸟鸣更加逼真的歌声
在更远处，飘忽不定
如移动的幻影，如闽南的夜色
辽阔无边

闽南的夜晚乌贼般黑亮

闽南的夜晚真是性情
乌贼般黑亮
仿佛是我对于明天的漠然
临海的风，经历得多了
也看不到其他伤痕
只是感觉，有些事物已经走远

鸟鸣一声比一声低迷
在秋天，在闽南的夜晚
宛如我的旧疾复发的故乡
正癫狂在一条扶摇飘逸的路上

被风倾斜的，不只是乡愁
闽南的夜晚乌贼般黑亮
在下垂的星光下隐藏更多内涵
夜一深，空气也就有异样的锋芒
最令人疼痛的，我从桥上走过
却再也没能遇见，桥下流淌的
我那童年时代的弯弯的月亮

静夜思

夜深人静，想象无穷大
我持久地想着一些持久的事
灯未灭，梦已破碎

旧人旧事旧空气
总有某种事物抽象而具体
而我只是有些恍惚
断裂的思维默不作声
雨来了又走，风也很轻
爱我的人已离我远去
孤独回到孤独里，不留痕迹

最终我依然只是个过客
穷尽一生，不过是在等待
一个人的遇见，或别离

写意

一幅水墨画，自然需要
留白

留白就是留给你去想象
可遇而不可求
比如，某一段旧时光
一阵好闻的晚风中
偶然邂逅
摇曳在雨巷的紫丁香

或者是
携手童年的阿娇
走在乡间的小路上

留白

突然我就想念了
在一条铁轨上
到底可以走多远

等了那么久的一个人
多年以后
依旧在我的旧时光里出现
仿佛一段留白

剩下的时间，我一半用来发呆
一半用来写诗。努力克制着
使用最简洁的语言

念想

不是老了
就不管时间都去哪儿了

是不能
不能遗忘

有那么一个念想
不管时间都去哪儿了
不管你是否真的老了

那一瞬间：暮晚之歌

那一瞬间
我有幸看见
乌鸦使天空
低
下
来

并把黑夜擦亮
我注目它们远去的方向
送走了旧的一天

那一瞬间：端午节随想

那一瞬间
谁能够将内心的大鼓敲击
像谈及往事，一路踏浪而行，笑看过眼云烟
谁能够在水的铿锵韵律中
像一些远逝的事物，深入内核，返回语言
谁又能够无所畏惧，上下求索
在穿云裂帛的呼号中
倔强地掠过农历的
渊源

那一瞬间：突如其来的乡愁

那一瞬间
久违的月光高悬在千里之外
一切出现的事物仿佛虚假的影子
温度来源于爱情的隐秘关怀

岸不可及，异乡已经成为故乡
心，在远远的海上横渡
一边葱茏，一边空旷
色彩最初被描绘时是一种梦想
悄然而果断

那一瞬间：在一幅新画中怀想旧事

那一瞬间
一些过去年代的青草在回忆中隐现
时光停滞在开裂的桃木镜框里
钉子锈了，墙越来越旧
一群水牛被我放牧在河岸上
天空静谧，鸟飞过，无影无迹
我走的路，看的风景
都在画面上消失了
只留下一片空虚

那一瞬间：剥落

那一瞬间
忧郁是一种伤感的外表
尤其是在阴天 被岁月磨损的石灰土墙
无意间正好对准了我生命中的过往
墙上遗留着旧年代的奇异斑点
慢慢地转换为某种类似幽灵的存在
当我把回忆描绘成另一种语言
那些纯粹而朴素的生活色彩
却再也回不到从前

望春风

放浪形骸，凤凰花开
于风流处，压断了脆弱的枝条
更远的田野，油菜花如潮水翻卷
光阴易逝，却又安静如长长的分离

那么倾听我吧，或倾听你
感冒，病毒，思念，心跳，和微妙的呼吸
呼呼，呼呼，恰似斜风细雨

而我的宿命，颓废绝望各一半
像突然厌倦的自己，渐渐后退着
在一个人低头垂落的灰影里
且信时间不空虚

唉，这低回的乐曲，望尽春风
要么一种相思，两处闲愁
要么花自飘零，此情无计

花田美事

那么多油菜花，在剩余的春天里开放
我是已经黯淡的那朵枯黄，情色迷离
我的花田，醉生梦死地种植着爱
渐次舒展的傲骨和节气
一朵一朵地，摇曳我的缅想

远处下沉的花冠，又或者是
与昨天对称的稻草人
神情迷惘，略带着隐隐忧伤

像意外的奇迹，缓缓地
穿越了一个人漫长的童年

恍惚间，不过是一种轻飘的荡漾
让生活看上去有些风光
而琐碎的日常假象
被一再忽略。那些花田美事
远远小于万物的生长
偶尔，会有几声干净的鸟鸣
跳跃着，抖落在光与影的梦乡

红砖记

路过闽南红砖大厝时
我才突然发现，时光有点旧
旧了的时光，越来越黯淡
红砖的颜色也加深了
由紫转褐，褐起锈色
映着深远的天空，几朵灰灰的云
以及一只南飞的雁
和一些随风飘飞的枯叶
仿佛这个黄昏没有完全凋落的残阳
而我恰逢其时
我全身心融入的闽南

红砖大厝在平和的傍晚总是略显谦卑
更多的远方已被撂下
景致近在眼前，无须仰望

漫步卡达凯斯小镇

这个夜晚灵魂信马由缰
一切美好停靠于心愿之上
我漫步在卡达凯斯小镇
在秋天的转弯处，不辨方向

光影乐在其中，三万吨夜色
都扑不灭我的悠哉与轻闲
在这里，我的漫步也是小镇的风景
大过生活的雅致，小于我的想象

而时间沉没着沧桑，波浪停顿间
我几乎看清了对岸的灯光
并确信，漫步走出自己的内心
是隆重夜色中最耀眼的衣锦还乡

在前往慢客村的路上

隐约，有花开的气息弥漫
在前往慢客村的路上
我没忍住，提到了前情人

好在慢客村不大
才说了几句话的工夫
就走过去了

其实我原本是想刹车的
但没忍住。尽管你是现任

其实那感觉就如同刹车时的爆胎
有一种缓慢的撕裂

之后，更内里的地方
也就打上了补丁
像某些个楔子，扎得很深很深

五里桥

坚硬的事物渐渐被磨去了棱角
你的等待，看上去多么安详

千百年了，你依旧是不断的风景
而我，只是一个匆匆过客
走累了，就背对着你的方向
坐下来
一点一点地回味那些
消失的时光
这种简洁
似乎不需要什么力量

在官畲村看云

更远的山高不可攀
更柔软的晚风拂过茶园
更高的树梢上挂着皎洁的月亮

平地而起的凤凰台，畲族姑娘妩媚耀眼
更悠长的山歌，近在眼前
更美妙的谣曲，我留在内心
轻轻哼唱

在哈龙峰品茗

群山环绕的哈龙峰
一直在生长，原始森林
和茶园，我几乎辨别不出来
是山的翠绿守望天空的蔚蓝，还是
三角梅的艳引诱了蝴蝶抖动的翅膀

一只鸟在松涛来临之前
悄悄改变了飞行轨迹
而那百转千回的茶的幽香
就在我回眸的瞬间若隐若现
仿佛过去时光的底片
将一棵老茶树沧桑的身影
倒映在我脸上

在哈龙峰品茗
山中日月素洁如禅
壶里乾坤自然宽广

那些被重新唤醒的生命，正在
一点一点地舒展，像某种
意味深长的乡村梦想，或民间意象

红粉佳人

或者内心炽热，羞于说出
红粉佳人，面对面端坐
或者把故乡留下
让花儿与少年，如影相随
一朵，牵着另一朵

终究有一种幻觉飘忽
我放纵的亲吻甚至有些夸张
左手提壶，右手举杯
唯独陶醉是柔软的
似乎还有什么
正从我的肩头悄然滑落

液态的红粉，沉默不语
水做的佳人，温润儒雅
必须承认，我喝过的美酒
终是抵挡不过红粉佳人的诱惑
在凤凰仙都，以及更远的地方
我的醉意，将从此成为新的传说

新圩古渡口

江风习习，吹得单薄
水车悠悠旋转着，仿佛
一个人独自行走在记忆深处
看上去，更像我失散多年的亲人

比风声安静的水声
一直默默地雕刻时光，默默地
超出一幅水墨画的辽阔回声

远处几叶扁舟，轻轻
摇晃着恰到好处的乡愁

对岸，更远处，夕阳犹在，青山依旧
英雄已被浪花淘尽
而我，多少次转身回望
天涯孤旅，仍是虚度
却空怀一腔豪情

华安仙字潭

字如天书，观望者恍若隔世

多么抽象和虚幻
美，总是以水的方式呈现
清风来去，也是随性所至
仿佛某些轻描淡写的片段

我看见的那一片水雾
恰如我失去的全部

那绝壁深处的猜想，缓缓地
加深着时间的灰；那
突兀的事物，如疼痛扩散；那
无欲无求的淡定，就像是
认同了此岸也就认同了彼岸

那最坚定的岩石，要坚定
自然有着抑郁最深的真相

白芽奇兰

沿着白绿色的芽梢，兰花的香
杏黄、神秘、醇厚
如同我热恋中的女儿，呼吸甜美
温馨四溢

每一片叶子都有自己的方向，每一片叶子
都让人回忆起春天
大约还有一段锦绣前程，舒卷着
人世的枯荣，以及我的冥想
即便时间由浓变淡，故土之上
依旧有乡音流淌
互诉衷肠

一些话说出了就是火
一些火燃起了就是焰
一些火焰映照的诗句总会有一种奇特的
渴望

克拉克瓷

我的等待，开始是美，接着是疼痛
翠蓝、淡蓝、灰蓝，以及
更深的焦虑，更深的伤
像一些细节的音乐
生命的亮色，延续而变幻

从南胜窑到五寨窑
四百多年前的故事结束了
脚下的大地一片空旷
时间是静默的
雁阵远去，秋意更浓
青花，你们摇晃着谁的荒原

谁，还在暗蓝的云后不停地张望
克拉克瓷，生活的艺术
任何一种呈现，都带动着岁月
遥远的红尘，以及红尘之上，一段段
民谣，柔美的弧线

琯溪蜜柚

更多的时候我总是身不由己
我甚至有过坐在一棵树上不肯回家的
念头。我承认被你这样的果子
打动了

如同你模仿了我的梦境
太多的情，太多的秘密簇拥着我
还有太多的汁液，如同后世的泪水
孤独而甜蜜，在思念无法抵达的
尘埃之上，眺望故园
而当我亲吻你时，我的身体
因爱你而无家可归

像幸福拥抱着幸福，我拥抱着你
把你捧在手心
对于世界，我没有太多要求
如果可能，就让我坐在一棵树上
陪着你，默默生长

大芹山

一棵茶树，和一棵柚树，树叶上的
绿，其实没有什么两样
山上的事情，就是一棵又一棵的
茶树柚树，汇聚成碧绿的波浪
涤荡着尘世
又把尘世淡忘

当我蜿蜒起伏地穿梭于云海
我由衷感慨这里的深秋，酷似春天
在接近内心的旅途上
一棵茶树，和一棵柚树，树叶上的
绿，需要用一种更为宽广的理念
来拓展更为深厚的想象

今天，我在词语中说出的
一棵茶树，和一棵柚树，树叶上的
绿，其实没有什么两样
那不过是大芹山，在我的诗歌里
韵味的呈现

夜宿名峯山庄

赶在我入睡之前，风雨
如期而至。爱意
寂寞得，要通过打击来表达
八音石前，有曼妙的
音符，穿越了夜的空濛

雨声隐约不休，仿佛
草原上滚动的热血
水中的火焰，相互梦见
甚至，比晨曦
亮得更早
而在更为博浩的名峯山
玉女大芹，天池通灵，狮子擎天
三十六峰撩雾为纱
让一条蜿蜒的山路
走得更远

这一夜，我暗恋着的事物
已被时间瓦解。我所能做的
就是等待天晴之后，打开另一片蓝
蓝的天

虎林山遗址

三千多年前的人早已化作尘土
但，一个曾经的部落或王国
却从深埋的商周醒来

一切的过往烟消云散
石矛石锛上遗留的远古火种
重新点燃了诗意的感官
那铜戈矛，挟带着蛮夷男人的英武气概
那印纹釉陶，展露着蛮夷女人的爽朗笑容
那石质璋，在沉湎的光阴中焕发异彩
所有的想象，总是青铜锈蚀般的忍耐
天空也在沉默中俯下了腰身
大地，充满着人类生存的关怀和悲悯
古老旷远的记忆，可能还需要一些隐喻
就像自然之物，或者厚重的历史
就像虎林山的先民们，他们就在这里
相亲相爱、男耕女织、含饴弄孙
卑微的生命始终贯穿着永久的家园
无论生或死，都是诗

毕竟，除了延续存在

我渐渐发现，那些正在消失的事物
其实已融入了我们自身的梦幻

梧桥古村落

从老旧的时光里抚触斑驳
黑中泛白的，一把把战栗的盐
在内心绘就一幅乡村生活的脉象
古村落，古大厝，神示般地演绎着
闽南乡愁的归宿，一种高傲崛起的脊梁

所有的过往都是那么真切
如同七星潭波动的回响
在我的视线里蔓延，轻轻摇荡
在晴朗的天空下重温旧梦
于记忆深处，返回童年

或许从村庄出发的人，终将回到村庄
每个人都是每个人的过客
每个人都是每个人的思念
只有世代沿袭的草本植物知道
而更多的时候我们故作坚强
唯独一生的大爱依旧在这里回环

是的，在岁月无情的流水声中
古老的村落，缓慢的时光
却往往最容易让我们擦肩而过
甚至，略带着几分忧郁，几分闲散

澹泊宁静坊

澹泊宁静的矗立，需要辨别
归隐者中正和平的光线
此前，有些事物早已坍塌
有些事物世世代代被人们敬仰

流落红尘的，总是那些恩荣功名
来不及审视的细节，已被渐渐遗忘
但我却记住了几个关键词
林钎，明神宗探花，东阁大学士
两袖清风，不畏权势的铮铮风骨
为家乡蓝田树立起一座
千秋万代永恒不朽的精神牌坊

当我试图追忆些什么
时间已被凝固抑或停止
从侧面看，牌坊正好托住了一轮太阳

檀林威惠庙

入村二里，忽觉惊艳
威惠庙，就那么静静地藏于乡野村廊
虽然经历了诸多岁月的昌盛，磨损，变迁
如今依旧气宇轩昂

烟火尘世虽不见却也不远
飘逸的鸟鸣是隔世的魂
清音婉转，一声声亲切
穿透宗祠千百年来坚守的香檀
声息温暖

飘飞的浮云已然过尽
秋意正浓，沉寂处，可使人心安
仿佛从未经历过的久远的时光
倒转回来，一种信仰的载体
维系了家族的血缘，尊严
以及延承后世的心愿
更是引领着精神的漫游，将乡音拉长

把蓝田比喻为一棵果树

在蓝田，我相信有更多的美
还没被我发现。一种迷离的陶醉
却仿佛来自内心的花园
让我拥有安稳淡然的温暖

从一个秋天到另一个秋天
树叶转化成果实，诗歌般大小
在八面来风的蓝田
种植最优质的梦想

我承认蓝田是一幅未完成的美好画卷
一些素描，一些线条，朴素简洁的
一些动人的色彩，多么梦幻
像某种预示，在迎宾大道拐个弯
提升到更为空阔的天边
直到阳光，把记忆晒得绚丽斑斓

而我也认定，梦想可以走得更远
纸上的建筑不止在于纸上
尤其是，当我把蓝田比喻为一棵果树
我原谅了自己以往的疏忽与慌乱

树大，便会有更多的风从远处吹来
清爽人心，也透彻了丰硕的秋天

闽江谣

渐渐就疏离了。孤帆，远影，碧空
闽江，我在船头喝酒，而心事
却如水泛滥。黄昏偏瘦
一个尘埃落定的词，留住了念想

伸手想抓住桨声，才发觉
每一朵微澜都是破碎的乡愁

闽江口以东，生活并非在别处
爱的远方依旧是爱，谁都没有遗忘
整条江，就这么一直川流不息
如内心执着的坚定，疼痛，和温暖

尤其在冬天，我常常坐在岸边观望
许多繁复的事物，比如人间
最怦然惊心的依旧是远处的山岗
恍若前世，站立着我素面柔肠的新娘

词牌名

譬如蝶恋花
譬如卷珠帘

竹枝词，如梦令
采桑子，贺新郎
南乡一剪梅
金盏倒垂莲

少年游，寻梅五更转
长相思，暗香九回肠
烛影摇红沁园春
小镇西苑忆江南

譬如水调歌头声声慢
譬如月上瓜洲醉桃源

南音

千里乡音，旧时彼岸
琵琶上，急马回旋
我喜欢这样描述：
更远的从前，呆鸟一样
栖在树上忘记了飞翔

风吹黄了一树阳光
一生的旅程往复来回
灯火阑珊处，爱情成为绝症
为了等你，我默默地
守护着褪色的花园

看台湾歌仔戏《梁山伯与祝英台》

依旧是一唱三叹
却要从肺腑里抠出血丝
依旧是那把二胡

将凄美的爱情一拉再拉
牵手，顿足，回头，涕泪涟涟
然后，在一个微弱的音节上收束
仿佛一滴水，缓缓落下
落在宁静无瑕的玉盘

最终，眼里只剩下水袖
往远处轻轻一甩
万般柔情
恰只能在水一方了

送别

落日已近，你爱过的少年
伊身骑白马过三关
改换素衣回中原

此刻，风小小的
天色正往下暗
思念仿佛才刚刚开始
却经不起仓促的一个转身
回首相望
水柔情，山硬朗

偶尔，会有某种超越人间的视线
要么高过云天
要么低入骨髓
在你节制的微笑中
纯粹，宁静，纤尘不染

马不停蹄的忧伤

整个漫长的夏天，我都在仰望
在一本书的八千里之外
怀抱想象中的格桑

白云一朵朵从眼前飘过
事物暗藏着无数动态的意愿
马不停蹄的乡愁，马不停蹄的忧伤
马不停蹄的生活没有停留下来
闽南七月的鬼节，檀香缭绕
在一堆堆冥纸上张开了火的翅膀

但再也无须甄别方向
尘世间的匆匆过客
走到哪里，哪里就是故乡

印花蓝布

对我而言，仅仅一个想法，一个意念
从前和此后的日子，古老村落
已徒具美丽的容颜

或者置身于错落有致的幽静菊香
把阳光拉近，追忆逝水流年
任凭一种隔世相望的感觉
在沧桑与荣枯之间蔓延

其实，有时候也会有几声幽叹
在恢宏琴弦上颤动
交织成风骨傲然的断章

过客

阴雨天，小镇如旧时小说
沉郁而黯淡
鸟雀无言，颤动在我的眼睑之间
这时，所有的动词都有些落寞
晃荡的小河水依旧晃荡
却携带了半个江南

当人们困囿于由内而外的迷惘
我在一幅水墨的深处隐居
写诗，画画，听猫叫春
沿着雨水的方向，闲看落花
或者醉入某种色情的想象
更像一个过客，抽身就离开了
旧梦里湿漉漉的冰凉的故乡

锋刃

那些曾经活着
又陆续离开生活的先人
终归还是缺少了坚持的耐性
舍弃的东西在逐渐增多
最后，舍弃了自己的生命
唯独留下某种精神
像一把锋利的刀
切割着柔肠寸断的后人

午夜的风声

午夜的风声略显柔弱
如同你幽幽展开的多愁善感
彼此淹没，在岁月的某一个衔接处
相互倾诉梦与生活的虚幻

多少苍茫的过往，总是归乡无路

体内的花瓣，却一朵抵着一朵绽放
我们漫不经心地说着各自的长短
闲看时光波动，一浪高过一浪

或许，搬动石头的地方
往往是最柔软的地方
等待下一阵风声掠过，我们的内心
都已住下了一位小小的少年

醉卧于故乡的半亩月光

雾霾天气让人总觉得有些憋屈
我的思绪载着一个人的背影
一路柔弱的颤悠
在一条伤疤的深处
爱或者被爱，多么无奈
故事被拉长了，掠过无声扩散的忧患

大约还有一段往事被西风漫卷
无须黑夜给我黑眼睛
那已经坠落的昨夜星辰
正好映照出经过我的人流，事物和时光
以及沿途洒落的几声叹息
在暗处，传出很远

那一瞬间，我只能惊讶于自己的平静
我正醉卧于故乡的半亩月光
像一个失足少年，静静地聆听
风声酣畅

我由此爱上了异乡

夜再次失眠了
醉酒当歌的傲骨，贯穿了想象
天空是虚拟的墨蓝
我由此爱上了异乡

好多年了我一直写着伤感的诗
一直没有故乡
除此之外，我默默无语
只是静静地观望着
爱情走在风雨飘摇的路上

如穿城而过的月光
轮廓分明，把所有冷傲的往事
都抚摸了一遍
清贫，清高，并且荒凉

第三辑　风吹浮世

风吹浮世

像罂粟怒放，相比那些欢乐的人们
我没有理由拒绝渐次舒展的意象
偶尔也可以忍住饱满的深蓝
从一颗尘埃到另一颗尘埃
风无边无际，把大地吹得空空荡荡

多么简单的一件事，每一阵风
都那样桀骜不驯，超凡脱俗
只一瞬间，就推翻了之前的那一瞬间

滴水穿石

我不能向你描述滴水穿石的过程
至于未来，其实无法被洞穿
我只是习惯了自己和自己对话
无须太多激情，不知俗世深浅
唯有时间与白发随身陪伴

从最柔软的地方开始
保全着自身的一点儿坚韧与刚强
更多的时候，我省略了
所有的缓急起伏
我一直在镜花水月中荡漾
谁都找不到完整的我
我的破碎，一路延伸
或者就像一缕光阴，只为
放下自己，却又成就了另外的悬念

我所看重的美

没有任何虚妄
或者无辜的悲伤
有时候，我就像年迈的鸟
在秋天，扑棱着
无所适从地维持着我的虚荣和傲慢

曾经嘹亮的鸟鸣
仍在季节留白处回荡
我所看重的美
其实都是我想象中的事物
这时，一封来自远方的信
秘而不宣
渐渐地，把下一秒的光阴拉长

清晨

我写下这个词
是没有褪尽的阴影，包含许多
绿叶，露珠，憧憬的光线

更多的是纯粹的遐想
如同世界本身是一种隐喻
事物恰当地被看见是那么不容易
一旦谜底揭开
日月，就成为晴朗的偏旁

黑夜里我行驶在高速公路上

黑夜里我行驶在高速公路上
擦肩而过的事物像时间
黑夜把黑夜甩得那么远。在黑夜里
我目光短浅，前程一片渺茫
高速公路高速地扑向远方

渺茫的前程多像我黑夜里
突然打开的思想

空空空

整个夜晚我一直沉默着
似乎也预感到了什么
我安静地倾听，不远处铁道口
大货车碾压过铁轨的声音
空空空，快乐且疯狂

如同跳跃在黑暗中的巨大音符
先于命运抵抗着路上正在到来的事物
而稍远处，我出窍的灵魂
空空空，回响起我内心的空旷

必要的元素

我多想在汗水中谋取每天必需的盐
幻想着更具有实用价值的幻想
那种饱满，那种沉淀，神迹
在卑微的日常生活中，闪烁磷光

重阳

少年过去，沧桑便来
你还回首什么
故乡在高高的天上
往事在漂浮的云上
而你
永远徘徊在梦的边缘

血性

我确信我的影子是直立的
即使有大风吹过，也坚定不移
我确信我身体里的铁，足够打造出
一大把铁钉，刚强的
坚韧不拔，不屈不挠，一根筋
不信邪
用于承受生命中的悲风苦雨

我把自己深埋在铁锈里
僵持着，与摇摆不定的世界
对立

狂草

我甚至猜想，我落墨最轻柔的一笔
那些竖立的狼毫，在若干年之后
依旧带领着我酣畅的醉意

只为了我和草原的一个约定
一匹野马的奔驰，一朵格桑花的耳语

一个人的旅途，从此
不再是纸上建筑

那一瞬间：低调

那一瞬间
天气越来越冷了
在北门北路，沉默中我坚持着
咬紧牙关
面对一棵木棉树的凋零过程
我竖起衣领
把自己硕大的头颅
深深地，深深地
埋进寒风掀动的铁锈沧桑

那一瞬间：在路上

那一瞬间
我听从心跳和脚步的召唤
夜色坚硬 灯影朦胧
一切都在时间漫漫的旅程中复归黯然
我怀疑自己是个妄想逃离尘世的人
步伐却渐渐有了质感
在路上 在似看非看之间
我正试图把所有经历过的日子
一一洞穿

那一瞬间：绕开一群蚂蚁

那一瞬间
最初的倾听是一无所有的
从窗外的雨声开始，一生的爱情
来自另一些日子的损害，或许
缺席的耳朵已经覆盖了整个春天

绕开一群蚂蚁，必定有一个
远离生活的概念，省略了
暗淡的风尘，或者陶醉于自己的内心
骤然间被梦想照亮

那一瞬间：鸢尾花

那一瞬间
仿佛最初的幸福在一阵风里飘摇起来
鸢尾花说开就开了
刻骨铭心的蓝
在通往梦境的路上
渐渐学会歌唱，依你而立的水
攒集着我全部的柔情
最终轰然倒下来
淹没了自己甜蜜的忧伤

那一瞬间：奔跑

那一瞬间
如果你不屏住呼吸
你就无法听见叶脉间真实奔跑的血液
那铿锵的心跳宛如蛰伏在一个人朴素生活中
未知的幸福，被泪水压伤
而另外一些时候
我们也做着令人眼眶湿润的
运动，奔跑在
永远没有终点的路上

那一瞬间：怀想旧恋情

那一瞬间
风吹过
拐弯处的流水逐渐缠绵
随着夜色的加深 我悄悄地改变了身份
为一朵蓝色的鸢尾花 我握了握
过去恋人的指尖 当我优雅地转身和往事告别

仿佛重温着多年前的一场睡眠
而我一生中只等待一个人 我的孤独与任何人无关
爱情最终葬身于对生活的想象

本能

肯定有一声喊叫 被肉体挤压出来
那时候我感觉到自己
就像一棵没有了叶子的树
枯萎的部分被漆成了白色
在春天来临之前
神色镇定 跟随北风生活

温柔的部分

风吹过。快乐没有地址
春天里积蓄的花朵
一些沉香悠悠地荡漾
而另一些沉香
正被自己覆盖

送站

没有一列火车
能震撼我爱情的错动
除非我倒下
成为一根枕木
成为自己
黑暗中的节奏

夜深得见到了底

与心碎的声音相近，我听见
晚风一声声地支离了尘封的爱情
夜深得见到了底
漆黑的光，一点点显露出来
让我意外地发现了水银
这尘埃中保留下来的纯粹
俨然是奄奄一息的灰烬
俨然是我的耐心，已被磨得
又薄又轻

音乐的瞬间没有歌唱

怀着草原　怀着向往
音乐的瞬间没有歌唱
只有我循声而上
用悲怆擦亮天空
经过自己的伤口　穿越旋律
看你　破碎不堪的头颅长发飘扬
而岁月过去之后
影子就脱离了思想
你一步一步冷却的虔诚多么无辜
道路仍是越走越远　可是
旋律再度高扬　在激情奔泻之后
最初的或最后的泪水都无法续接断弦
你是否还能体会
音乐的瞬间没有歌唱

懒散的时光

午夜里
我听见了草原细微的沉睡声
偶尔有游弋的野马
黯然地徘徊，似乎在丈量
现实到梦想的距离
仿佛，一个人
被遗忘在黑暗中太久了
懒散的时光无处盛放
那声色犬马的残骸
最终只剩下孤独，宁静耀眼
忽略了所有的过眼云烟
以及，沧海桑田

血色草原

无垠的草竖起了耳朵
风从牧羊姑娘的长裙生发
黄昏已到　我坐在草原
广阔无边

几匹快马从我身前经过
它们奔跑着　使黄昏的声音更加悦耳
在夕阳的照耀下
草原蒙上了一层血色

我没有别的道路走向生活
我坐在血色黄昏
我把自己安在草原

我喝着牛羊的纯奶
看着风吹草动的草原
一生只有一次　空气多么舒畅
比我猩红的梦更深
比临近草原的夜色更浅

爱上一朵云其实不容易

她终于出现在适当的位置
她身后的蔚蓝，也是我热爱的

她扛着午后的阳光
比暮色坚定

她瘦得像自己的影子
安静时，也像与一个影子
一起安静下来
有一种不动声色的美德

她偶尔也虚构自己，如同我的诗意
如同一场完美的忧郁

暗伤

有时候，想念一个人或者一件事
就像没有未来的过去
在时间边缘，静静地守望
那种醉意微醺的迷茫，在微光中
蝴蝶翅膀一样闪现

如果再深入一些，会有隐隐的恐慌
哆哆嗦嗦，在往事里搁浅
让我拥有片刻的动容，并且
眯起眼睛，仿若暮年

其实，想念一个人或者一件事
最好的表达就是沉默，一声不响
在人来人往中，独自返回内心
深处的暗伤

伤逝

狂风像吹动树叶那样
吹动着夜晚。昏黄的街灯
像一壶暖怀的黄酒，且容我醉
呼啦啦的，有一只无形的手
把往昔撕成碎片。我一路踉跄追逐
却无法把它们一一捡回

我的虚无日子

那些日子，不咸不淡
却也意味深长
有一天，我实在无聊
就跑到乌龙江边看夕阳
水面上有两只鸭子
因为挨得太近
被我看成了一对鸳鸯

残荷

或许隐喻一旦出现，就会蚕食现实
当我蹚过污泥浊水，荷残了
褐色的莲蓬，……
抱紧了自己，曾经的碧绿

我无法描述这绝缘的美，身后是旷世的孤独

枯萎的叶片，打着卷，收拢
生命中繁华落尽的禅意，却不是
我愿相逢的境遇

半截梦境

好不容易，款款而来的你
成为我的半截梦境
另外那半截，不见踪影

风吹着我的少年，像只鸟儿
越过天命去了异乡

而伤悲居然这么真实
我相信你的努力也是徒劳
鸟儿虽然只是比喻，却掀动了
一阵风，仿佛一把快刀
正好削去半截梦境

孤独者的背影

傲骨在血液里敲钟
我在夕阳下独自挥别
渐渐地，暮色埋掉远处的山峦
几行破诗
埋掉了我虚无的一生
再回首
天地已越来越空旷
一些虚弱的词语，简单而寂静
仿若孤独者的背影，晃荡着
剥离了内心更深的忧郁

夜来香

时间沉没了沧桑
夜的汁液浸泡着必然的疼痛
落寞或芬芳，一阵风就各自散去
眼看着爱情消失的方向
你再次说到了情爱。饱满的
易碎的花瓣和月光
仿佛无形中缓慢生长的事物
你能够听见的某种呼唤

而让我倍感欣慰的是
花开花谢之间
有一段往事已经翻过短墙

爱情从来都是千回百转

像第一次那样，柔和一些
我不停地调试着色彩，不停地
用眼光去抚摸内心的隐秘

我或许应该相信，每一株草木
都有不可言说的尊严

许多往事已经模糊不清了
但宁静安好
世间万物，皆有情缘

所谓爱情，从来都是千回百转
那些更低的，颓废的叹息
飘过一片深灰的沧桑
却在最深的红尘里重逢

爱是无法治愈的一种风湿

夜已深。远处的灯火不响了
近处的，我的咖啡杯，波澜不惊
我听见的，心想的声音
从寂静中来，又复归于寂静
再没有更落寞的温存胜过此刻
时光最深的部分，真像诗的意境
我放弃的事物已日渐消瘦
甚至灵魂也无处安身立命
唯有寂静压倒一切
悄无声息的矜持多么迷人
仿佛偌大的荒芜即是尘世最美的风景
而我不过是一个怀揣夜色的旅人
我的爱是无法治愈的一种风湿
日复一日的疼痛，辽阔如大地的阴影

旧时光

过往的时间还停顿在那里
不可把握的偶然性
布满了隐喻

书刊和老式藤椅
安静于临街的阳台
在傍晚的光影中等待着我
再次坐下来

读一封旧信

你在最后写道：
读完这封信
你或许已经无法确认
自己刚刚拥有过一个人的微笑或叹息
剩下的
只是漫长的等待和回忆

兵马俑

这时夜色已深入一片麦芒
秦始皇的兵车隆隆地
驶过荒原

所有的马都嘹亮地离我而去了
秦始皇的兵车隆隆地
驶过荒原

面对一方遗址
我看见马的深深蹄印
蹄印在黑夜里闪闪发亮
蹄印敲击我周身的骨骼
铮铮作响

我无法回避它们
这些沉重的马蹄敲击我周身的骨骼
铮铮作响

这些沉重的马蹄
使人类脆弱的生命
变得沉实而坚强

光阴的故事

那时月光带着水声来
漂洗了河的安宁
夜鸟努力地把头颅
扎进自己怀里

那时夜才刚刚开始
许多喧嚣的东西已逐渐沉淀
悲欣交集接近于不动声色

要么在梦境，风儿依旧有些空旷
我胡乱想了一点往事，咖啡正飘香
随音乐，小河淌水一般
缓慢地淌过某些事物的表象

那时弱水三千，我尚年轻
只为有一天爱一天

在黑夜里漫步的思想

道路没有移动
蓝天越来越远，我触手可及的
是尚未开始的一天

果实在腐烂
一个人低下硬朗的头颅
或者仅仅是虚构，唐朝的一地霜白
掩去了每一个可能的路障，偶尔
也会与浪漫有关

一些话语悬在唇边，比睡眠迫切
孤独则扩大成一片阴影，它的方向
偏出了我的预言

我喜欢想象中的后半夜

比如疏放隔世的清愁
从一杯咖啡开始，追忆往日时光
再让执意走遍整个夜晚的冥想
纷乱而自然

另有一些我想象不到的事物
则一直坚守着，青草一寸，尘世经年
或者，比梦想更加刻骨铭心的饱满
始终埋藏着一个人的善念

是的，我确实喜欢想象中的后半夜
那些美好那些性感那些爱，以及
与生俱来的磨难，一直让我想象着
把每一种生活，都过一遍

贝加尔湖畔

想必这一夜，天籁四起
音乐于细微之处，走漏了风声
众神涉水而来，从容，悠闲
想象另外的时空
能做的梦越来越少
唯独我坚持了自身的沉默
并且不断加深，日复一日
无所适从，像那两个人的篝火
起承转合着一个人的瞭望

仿佛，远山远水也只是内心的哆嗦
风辽阔起来的时候，我低头去看湖面
看月亮的白骨，一切都在走远
贝加尔湖畔，由此镇定，简洁和清凉

失散的风声

穿过我想念的一场雨
夜鸟在暗处咳嗽
过去和未来的事物
总是低于风暴来临之前的寂静

黎明终究守不住
故乡那片铁青的天空
已被一把红尘掩埋

在租来的梦里
来来往往的，总是淡淡的空
我却目睹着自己
把前世的债，背负到现在

当失散的风声再度纠结
必定大于孤独本身
人间的喧嚣，以及我的颓废
也将被另一种空阔覆盖

我的脆弱不堪一击

整个夜晚，我都坐在窗口发呆
爱情就像来自体内的炎症
慢慢地渗透，骨髓里疼痛的思绪
在一次次撕裂之后
被风吹走，并抹去痕迹

后来，流水追回了一条河流
更多的孤独，却哑口无言
天空和我，依旧保持不变的距离
远远地，隔着往日的人与事
收敛着内心被旧时光打磨过的自己

像独特而感人的存在，最深的夜
最深的梦境里我悲欣交集
喧嚣的人世也只有在深夜才安静下来
那出现又消失的，不过是幻影
如同我的脆弱，简直，不堪一击

旷世的轮回里红颜如劫

又一次回忆中的离开
在人性尚未覆灭世俗之前
忙碌中的我突然发现草原空了
马跑了，天生的骄傲
被世事拆散

这个世界，没有什么是不可能的
痉挛的措辞往往言不由衷
旷世的轮回里红颜如劫
我最先看到的是五百次的回眸
却没能换得
与你擦肩而过的情缘
我怀揣一路风尘的守候
无论怎样的日月沧桑，也没能抹去
生命里那段最初最真最纯的
患难

如今，草原空了，马跑了
风越刮越大，在内心里飘
我面对的旷世远离喧嚣
没有迷惘，没有悲凉

梦回大唐

要我说，还不如回到半坡
反正所有的日子过去了，就不再年轻
如同所有春来秋去的草木
凋谢，枯萎，卑微，平凡
而此时春水重又漫过了堤岸
一尾鱼纹，回到了最初的草原

正像每一条道路的起点都通向我的故乡
在路上，我把自己想象成一座寺院
稍微有所觉悟，就真的到家了

我不能跟着一首歌号叫：这个世界很脏
我看到时间的流水，一直在洗刷着大地的尘埃
路的尽头一定会有许多美好的事物
比如清风明月，比如小鸟歌唱
另一首虚妄的离歌，也会逐渐被人们遗忘

静之诗

八月的夕阳下，我愣愣地站着
像火车司机一样，瞭望

身后，是废弃的铁轨和枕木
我每天路过，并没在意
火车也并不常见，偶尔抬头，才想起
这里每天有无数趟火车，从新的路基上驶过
像怀旧的电影，一节一节地远逝
穿越了我的童年，青年，中年

废弃的铁轨和枕木，也一节一节地，陈旧了，沧桑了
我愣愣地站着，像火车司机一样，瞭望
前面的拐弯处，梅树不语
它攒集了一世的爱恋，在冬天绽放

越来越好的明天就像一次驿站

不仅仅是我看到了滚滚红尘
如果它们奔跑，隐喻面前
会充满浩荡

我能想象更伟大的忧伤
只有一缕阳光照在它需要的地方
枝丫上的声音没有落下
我的心在半空中高悬

这些虚幻的岁月，我吃喝玩乐
爱东边的人，也爱西边的人
渐渐地学会了握手，拥抱，上床
有时候也写写诗歌抒发情感
直到现在我才发现
我居然活得很好，甚至
越来越好的明天就像一次驿站

这样看来，一个人
确实没什么可以夸口的
我的执着，没有任何人可以让我动摇
也没有任何事物
值得我赞美，或传扬

梦的坚持者

梦的坚持者，你在坚持中梦游

我开始行动，行动内部的行动
我看见你爱情的颜色越来越浓，泪水
在痛至肺腑的泪水上走动

你秩序井然，像一个兵马俑在地层深处
默想，我看见你带领着倾城的音乐
但没有看见你表达什么
你哑口无言

退居内心的是你的欲望，你把持的景观
你将现世的阴影移栖给镜里的花园
而镜里的花园是虚无的
水银中还有你伪造的火焰
在谁的舌头上打造利剑，谁说你
这是盲眼的飞鱼在梦里抢滩

在不断的坚持中，你坚持在
彻骨的深水下养颜
深渊中的缅怀埋住我一生的沧桑

宁静与纯粹，血脉里怒放的诗行
在浮尘上摇曳，你要我
省略修辞，省略微笑和歌唱

冬眠的钢铁被你的意志养着，梦的坚持者
坚韧，悲壮，浩气凛然
当我学会梦游，我已离开自己的思想

江湖

而今，允许更多的鸟儿争先啼鸣
允许把窗户推开，笑颜明媚

春天，无须绕过众多的桃红柳绿

人间的风气，原本落满尘埃
时光在其间流转，江湖在远处
悠悠荡荡
我遇见的鹅黄
如同相思树，坚持着相思
直到后来我才发现
所有深情，最终只是
一个人的荒芜

剩余的意味，像细雨浸润万物
消解着某些企图，也让某些真相
开始重新显露

春天，有怎样的天气就有怎样的江湖

冷空气

往后的行程不好确定
但也没有什么
大得过一个省的严寒

昨晚天气预报说，冷空气
正南下福建。我犹豫了一下
仿佛就看到了雪花的飘扬

我也是人过中年，才开始
关注世间的冷暖
就像穿梭于我骨髓里的风湿
在接近沧桑时，偶然呈现的冷酷

今年的梅园还没下雪
我倒是希望就这样，简约，不缠绵

待到那些风花雪月都凋零了
空旷的我，就是你的天

听鸟语，看落花，离开或者遗忘

必定还有风声，在不远处回旋
无论是否被允许
只顺从一条河流的走向

我终于确信了那些鸟语
每一朵花儿都用身体破开内心的鲜艳
而我要说的是，大爱无形
它已适应了时间这个最大的容器
在多年以后，历经沧桑的事物都已淡去
我开始缅怀的，或许是另外的景象

是的，所谓的落花流水
正如每一个梦的离开
都会腾出更大的空间，用于遗忘
世相的浮华，其实无须感慨
我只是听到了那些鸟语
破开了更多寂寞，一声比一声嘹亮

芦苇荡

有时候，一阵稍大的风吹过
它们便倒伏到水面
那身段，脆弱得有些不堪

人也会这样，春意，阑珊
委曲求全，潜伏于虚妄的表象

还有另一种疾患，傲慢与偏见
高卧梦榻，飞扬跋扈
渐渐地偏离了原点

剩下的空旷，尚存着一副沧桑
有一搭，没一搭
卑微的，深怀忧伤
苟且地活着，摇晃着，彼此相忘

画鸟

天依旧很高很远
内心的抱负却已黯淡
无助的鸟儿，一直蹲在枝头
被我画得丑陋不堪

已经飞走的，顺势牵动了半个春天
世间的冷暖，随之起伏，荡漾
我遗憾不能给你完整的诗意
但我留下了局部的斑斓和妄想
任何一个画面，都是为了拥抱另一个
旧影子
从回忆开始，省略草木的黄
省略花朵的暗香，以及内心的苍茫

如果一定要留下什么
那就等待一阵春风，或一次回眸
让失魂的叫声，起死回生
在离我最近的地方，轻轻撩拨
遗世独立的梦中桃源

在我身后落满的尘埃里

我不愿意
寻找更多的理由说服自己
破碎的灵魂已使我面目全非
我对爱情的不适
如同一马平川的失眠
阴谋式的期待，平庸，无聊，如履薄冰
而我热爱的姐妹
更像一些耐寒的泪水，带着盐的苦味
骤然敞开，比性生活还要和谐的
一种背叛，或，一段梦想

直到某一个夜晚，一场大火将往事烧为灰烬
我才发现，在我身后落满的尘埃里
到处都有姐妹们的容颜

尘埃落定

午后的阳光，更像一场暴雨
昨夜失眠的人，将喘息
摇曳于风暴覆盖的梅园，低垂的枝头

其实这也没什么，美太奢侈
便如同种植在天空的花朵
现在，它们落了一地

如同一个人一生的寻找
那些在时光中奔跑的动词
那些草原上盛开的虞美人
最后，只残留些许
动词所溅起的尘埃，以及
虞美人灰烬般的暧昧

为自己写下的悼词

事实上，在时间变质之前
我已经用完了我的一生

匆匆审视已故的自己，才发现
我的血性与骨骼都难以伸缩自如
经历过的事物和经验
两败俱伤
如同在逃离梦想的努力中不堪重负
如同被打掉的牙齿，只能
自己吞食

更让人尴尬的是
我别出心裁为自己写下的悼词：
这个世界的一场虚汗
在揭竿而起的意志里阵亡

探视

把病藏起来，是一个人的含蓄
你却不知道自己有病
放任膨胀的欲望，像你坚挺的乳房
蓄势待发

谎言是美的，酷似你优雅的曲线
风吹过，不可言传的
女巫般的寓意，开始疯长
仿佛，万物之上，
总会有一些无法挽回的结局
反复地发生，而你看不见
你的病是多么的奢侈
蔓延于四季的伤痛，隐忍，飘忽
形影孤单

渐渐地，风一天天变硬
叩击着你坚挺的乳房，像探视
病中的拥抱，并且
还原了一段错误的时光

大好的阳光在冬天里是难得的

大好的阳光在冬天里是难得的
但幻想中的爱情日渐稀薄
我期待的方式
流水不腐，也不破
继续灌溉着，思想着的芦苇
以及，光影中的微尘

我喜欢在大好的阳光下看流水
岸上的梅花凋落在水中
再多的离愁也不过是一个回旋

每一个在阳光下行走的人
都闪烁着神秘委婉的光
就像流水一波一波的曲折缠绵
被来自身后的力量
推得更远

如果忧郁的脸再近一点
你会看到，我额头上的皱纹
描述了河流的走向

遇见往日的情人

遇见往日的情人
是一种技巧
一激动
我就记起许多诺言

我们进入雀巢
面对面坐着
我们都在回想
那些美妙的时光

我们都是老样子
我们都习惯于沉默
碰杯的时候
我们都已泪流满面

尘世的情分终归是破碎的

窗外事微不足道，再多的
日子，都一样陈旧
如果情绪反扑
更多的困惑也显得多余

若是可能，就让那条大河
直接奔流于我的身体
看那孤独多么辽阔
尘世的情分终归是破碎的
并且，各自为敌

这样的时刻
风声，就像模仿生活一样
模仿着另一种爱情
但依旧有两个选择
要么存在，要么放弃

到达

出发的时候我就已经到达
久病的人
我已备好幸福的遗言
从裸体的桃花
我看见一个人退出生活
回到了内心 像我唯一的妹妹
穿过风雪的身影
多么安详

永恒只是那一个瞬间
这世上的情歌
何止出自一个人之口
这浅浅的岁月
我始终在一缕摇曳的烛光中移动

我的骨头在影子的边缘
它铮铮作响
一种声音就是一种创伤呀
只有创伤 才能安慰自己
只有创伤 才能把自己欺骗

比幸福更绝望的是我已经到达
我的到达是一种熄灭多像一种吹拂
多像比黑暗更宁静的一座空城
深不见底又高瞻远瞩

错落

冬天了，身上的旧伤又开始疼痛
人生苦短，一个人的感慨毕竟陈旧
我领会的寒意
仿佛内心空出的黑暗，波澜不惊
庞大而颓败
在一个我看不见的地方
目睹着我愤世嫉俗的生活

时光总是相似的
我活着的每一分钟都有泪水穿透苹果
声音清脆，灵魂震颤
如同起风的夜里
一块玻璃揪心的破碎，不可收拾
只遗下，遍地的愁
在寒冷的冬天，在万物的血腥里
言不由衷地错落

一个人孤独地坐在黄昏的窗口

那么大的雾霾，那么浑厚的落寞
在覆盖，我的闽南
我的爱恨情仇
一曲离歌，穿越了冬日的
沉甸甸的倾诉，猛然地，与我
擦肩而过

迟疑之间，我恍惚听到了
无数窜动的毒蛇猛兽
一点一点地，蚕食着人类的骨头

我呼吸急促
回光返照般地忆起童年，那些
过去的歌谣，诗意的词根已被放逐
所有的文明与疼痛，如同那些
沉默的墓碑
横竖不肯自拔地，活着

谁还与我一样
一个人孤独地坐在黄昏的窗口
看意象入怀，听鸟儿夜咳

走在回家的路上

至少我在努力着
在内心背诵着另一个世界的诗篇
让一颗预谋逃跑的心
得到暂时安慰
在清晨，随一颗星返回蔚蓝

这是我多年来的生活经验
毕竟人有生老病死
月有阴晴圆缺，此事古难全
寒意上升，也只需多添加几件衣衫
毕竟我正走在回家的路上
再坚持不了多久
我便可以到达温馨的港湾

我就这样被将来的美好支撑着
相当于一首诗歌的结束
最终的语句意味深长

火车带着我在大地上行走

就像提起过去和今天，火车的战栗
是时常呈现在我记忆中的场景
铁轨，枕木，碎石，一路蜿蜒伸展
从南到北，掩饰了所有揪心的痛
但我依然缄默，这是我早已习惯的方式
哐当哐当，节律的震撼
一节一节地将我的骨骼敲响
在路上，我与你不期而遇
天生的骄傲被蒸汽拆散
仿佛失散多年的亲人
却无须太多的语言
高山连绵，惊心时有空谷回音
江河清澈，动魄中有幻影迭现
尘世的姿影，让我充满了
对远方的无尽渴望

火车带着我在大地上行走
移动的山水，风物
绿色是那么稀少
但我还是离开了日渐麻木的城市
在路上，我与你不期而遇

我们的交谈从外在进入隐秘的花园
可是在另一种生活里
我从不隐藏任何私心杂念
两难境地的伤痛在风中美丽逼人
仿佛凝固在一方流动的音乐
美妙的天籁盖过了丧钟
从此，心被一种声音感动
前世的轮回有谁能够轻易解读
我们依附的另一片月光
没有归宿的亮，令人心碎地清凉

这时泪水已经涌上了我的眼眶
慢悠悠的，如一种意境
我竟然不知道自己从哪里来
更不知道自己要到哪里去
哐当哐当，车轮碾碎了
扑进旋涡的爱恨情仇
我不断行走在路上，去经历更多
不断地远行，让火车将我带远
在路上，我与你不期而遇
最真的心动铿锵而从容
那一瞬间，宝石的光泽变得黯淡
不知道哪个方向飘来的一阵风
就吹落了你遮挡风尘的纱巾
而我伸出的一双手
恰恰可以温暖你的孤单

命定的旅程，穿越骨头的深岸

一片片响亮的尘埃被静静涌动的血液洗亮
临风摇曳的忧伤，美在坚持
窗外的风景却不断地变幻
火车参与了我短促一生的逃离和还乡
恍惚中火车不断地喘着粗气
不断地在沿途靠站
周围的人们，也不断地消失了
我甚至无法记住他们的容颜
在路上，我与你不期而遇
但你不是陌生的替补者
不管梦是否有背景
这午后的时光，注定是诗歌倾倒的方向
未知的故事正在铁轨上延伸
我们的微笑无所适从，七月正值丰满

有时候我也会心跳加快，如火车的轮子
但除了比疲倦更多的疲倦
我不知道还有什么可以到达
我只是喜欢在路上，发呆或者悠晃
这是我们共同的自由的向往
偶尔放风的一种慢
在路上，我与你不期而遇
仿佛那些忧伤而美丽的事物
我们必将与他们重逢
事实上，每一个瞬间都是一种暗示
每一次行走都是一种舍弃
行进中的火车，人与人靠近又远离
而我只想一条路走到底

哐当哐当，不停地晃动着
伸手可触又遥不可及的梦的记忆

或许可以有爱情的，犹豫不决的蓝
风声酣畅地穿越我们的窗前
外面间或闪过的时光
以及隧道中持续着的大片黑暗
从浮现到幻灭，都发出清脆的声响
在路上，我与你不期而遇
淡定的眼神，比灵魂走得更远
并劈开了一个人内心的方向
从此，我们无所谓一切
我们一路行走，一路观望
我们目光深邃，不露锋芒
是的，在路上，我与你不期而遇
我们都只是生命的过客
我们在风尘中私奔
并重返梦的渊源

第四辑　雨花帖

雨花帖

雨落在花瓣上的声音
是古诗里营造出来的浪漫
一种很美的忧郁
虽然那掩饰了许久的一丝冲动
如爱情，有迷醉的想象
时断，时续
在时光的流逝中，点点滴滴侵入骨髓
仿佛用尽了我们
半生的绝望

听雨

如果，在雨夜，在深深的孤寂里
把所有的意象掩埋
被疼痛钉死的黑暗，依旧
波澜不惊
昨晚的雨越下越大

谁的焦虑沙沙作响
伴随钟摆晃动，不远离
也不靠近

那么，只要足够温柔
每一个雨夜都有一场病
藏匿于怀旧的内心
还有那些一天天破败下来的斑驳记忆
轻轻，轻轻
我只愿听着雨声，从子夜，到天明

沉默

把倾斜的雨扶住
那是我一生的泪水贯穿伤口最深处的怀念

我向你倾诉语言的另一面
我沉默着
没有谁能阻止我通向苦难

把倾斜的雨扶住
那是静静来临的风暴使它惊惶
并富于思想

如同把自己活埋在舌头下
我深入自己的沉默中
与倾斜的雨对视
守望着雨后的彩虹

跳跃

雨下得有些大。我躲在屋檐下
但依旧有雨点跳跃到我身上
并且，渗入我的内部
它们跟爱一点关系也没有
与春天也没有任何缘由
无边无际的纯真遭遇我的忧郁
却让它们顾不上心碎

虚拟的雨夜

渐渐地，雨水把黑夜洗白
内心的温暖被一点一点掏空

喧嚣之外，爱情沉默已深
而我，依然知之甚少
无所信仰，不期待来生
偶尔回想往日时光
仿佛身体里的某种慢
来不及躲闪
那迎面甩来的一记响亮耳光

如果雨一直下，不卑不亢地
恰巧溅起百年不遇的春天的薄凉
那么，我傲然于风尘的脸庞上
沧桑无非一念

雨夜九行

远处是雨，近处是雨
除了悲凉，或许还有更深的深意
雨的窃窃私语，却是陈词滥调
唯有隐喻，可以到达另外的隐喻

我的夜，我的梦，我的剥落的锈迹
仿佛在雨声里寻找淋漓的替身
而沉溺于思想的芦苇，留给我的
不过是一些纷乱的马蹄
琐碎地回响，在一首沉默的诗歌里

雨夜的意味

突然起风了，突然下雨了
世界开始有些摇晃
夜色越来越荒凉
太多的事物，远非我所能够判断

飘摇的雨，随风潜入夜
思念，走在梦之前
雨花正在暗中盛开
潮湿的，我最隐秘思想深处的黑
抹不去的阴影如一种伤势
只等剧痛来得暧昧一些
或者，更加意味深长

这样的时刻，我听见了雨水
把纯洁的屋顶当作鼓面
擂得咚咚作响

在雨夜里

一杯咖啡一支烟
在雨夜里开始回想

旧日逝去的河流逐渐开阔
走出峡谷，绕过山岗
暑气正在消散
窗外的雨，像松弛的弹簧

时间深处涌出的霉潮
弥漫着
只留下廊桥和某些情感
点缀我虔诚的悼念

之后的日子，有灵魂的微光
缠绕，在雨夜里
蛛网似的心绪，悠悠蔓延

倾心于秋夜里的一场大雨

一场大雨，是黑暗中我看得见的光线
夜色在洗涤之后，依旧像一座煤矿

在窗前，雨是我的软弱
是伏在我肩膀上哭泣的女人
而我却总在倾听的时候
倾心于更遥远的远方

似乎，我被某些事物召唤着
雨水般盲目地奔走在喧嚣的人间
在我一生浩瀚的光阴深处
倾心于秋夜里的一场大雨
倾心于一个人对另一个人的所有想象

那情绪虽然略显低落，忧伤
但，坠落之前，开遍天涯的雨花
已在我内心绽放出无数的想念

夜雨打窗

一开始，我并不相信
冰冷的事实能够如此炫目
像无声的呼吸，或者生活的
伏笔，悬在午夜的窗沿
悠悠流泻着，寂寞和苍凉
直到更多的打击之后
支离破碎的光，终于幻灭
仿佛一次隐秘旅行
行走的姿态里，依旧有骨骼
嘎巴嘎巴地响着
只是，往事和世界的幽暗部分
已经不再是原来的模样

一夜风雨

一夜风雨
又见遍地落花
我已无法再次讲述那些曾经的
失落。甚至也不论及爱情
我一直很珍惜那条走失的
河流，以及过去的经历
尽管有些惆怅
如同雨下到雨里
遇到就破碎

但这不只是一种姿态
我置身低处，很容易照见自己

小夜曲

一杯咖啡，一支钢琴曲
一个内心孤独的人
用舒缓的方式，将黑夜引入诗歌

在爱越来越艰难的时候
音乐也开始加重了忧郁的节奏

小雨却下得有些漫不经心
湿漉漉的道路就像一条银蛇
钻进了远方的黑暗，以及
悲凉世界里灯火掩饰的安宁祥和

抚摸

我坐在暗夜里
在想象中抚摸一个人的体温和心跳

我不敢轻易入眠。有一些念想
已开始泛滥
我担心夜里下起滂沱大雨
尽管无法测量
河流的深浅，却总忍不住
把头探向秋天

清晨的雨

清晨的雨，使秋天的草又返青了
我站在窗口眺望
内心始终有着自己的坚持

雨中的老树摇晃着

一种阅尽沧桑的动人
洗净身上的尘埃
剩余的，便是最简洁的朴素

像滴水成河的意念
悠闲而缓慢，渐渐地接近
我梦想中的某种形式

在晨雨中眺望

仿佛万物都彼此照亮了自己的寂寞
爱情近在咫尺却远在天边
从刚出土的一簇嫩芽里，我看见
忧郁绽放在花容深处的遐想

小秋风轻轻拂弄了几遍
便把一个夜晚吹向了昨天
我在雨声里想念一个人，在想象中
把相聚的美好时光延长

在这样下着雨的清晨
爱一开始就显得格外缠绵
我无法预测那些花儿和雨水离我有多远
我只是看见，有一条大河流过了这个秋天

我耐心的等待并没有落空

雨声在窗外行走，隔着
一扇窗，一扇门，就像隔着
一个世界，就像
爱已无法到达灵魂，此岸和彼岸
已经中断

描述一场雨

下雨之前世界是晴朗的
下雨时许多繁华容颜憔悴

我躲在别人的屋檐下观望
那么多的破碎紧贴地面

当流水开始泛滥，在低处
在内心，我放弃了比喻

一场雨的比喻或拟人

下雨了，刚刚开始
比喻还来得及，像你
满腹的委屈，恰好得到转移

如果你把忧郁再练习一遍
还会有一些误会，可以消解
如同淅淅沥沥的小雨
不经意间，却沾染了别样的诗意

其实，无须拟人的修辞
你不过是在抛弃自己的眼泪
我也只是为自己的颓废叹息

雨中情思

一个人在雨水中的情思
胜过这场雨
湿漉漉的花骨朵
被雨水打落
这其中
有一些是完好无损的
有一些已经血肉模糊

大雨

我在雨中奔走
大雨从头顶落下
深秋的大雨
让人无限怀想

树木下被遮掩的
是谁的歌唱

是谁伸出纤细的手指
多年以前
撩拨一个纯情的少年

大雨，大雨
我的深秋的大雨
如今我在天涯浪迹
跋山涉水
胸怀激荡

被大雨淋湿的人

更重要的是心性上的契合
深夜里突如其来的倾盆大雨
使一首诗的韵脚
有了更接地气的意象辅助
并赋予了魂魄

被大雨淋湿的人，反复被穿透
如不灭的灰烬，从自己回到自己
汲取着音乐的复调，看闪电如梦
照见夜空意味深长的裂痕

在一场大雨中安身立命

终于下了一场大雨
雨中，我是哑口无言的植物
在半阕古词里，瘦了西风

这时，可以忽略掉许多细枝末节
大写意，放浪形骸
像彼此的疼痛
只为某个局部而活着

甚至，在一场大雨中安身立命
我已无所谓，身上的河流总是委曲求全

事实上
雨水不过是顺从了大地的意志
我们也只是在一场大雨中，才看到
事物的滋润，与沉重

那一瞬间：断章

那一瞬间
我只是随意写写，一首诗歌
所用的词语不是太多
尽管这些日子雨水丰沛
但我需要滋润的是内心的生活
当我在雨中构思
我会省略许多意象
在稿纸上腾出更大的空白
用来沉默

那一瞬间：事物的本质

那一瞬间
叙述中的一场暴风雨消失了
世界已无景致可言
污水到处
流

淌
像一种如期而至的风湿
缓缓地渗入大地的
骨缝

那一瞬间：在暴雨中缅怀

那一瞬间
一场暴雨落下
街巷突然空阔成一种回忆
我静心地倾听着
跟随雨滴跌落在水面上
泛起一个个微小涟漪
在一种生活中观望另一种生活
渐渐地，我在微小的涟漪里
遇到了我寂静的过去

那一瞬间：暴风雨之夜

那一瞬间
我仿佛比众人多出了一份孤独
在黑夜里静静地倾听
从一次愤怒到另一次愤怒
风声，雨声，雷声
掩饰不住自己的疯狂，像闪电
瞬间摧毁人世间的所有虚情
而我，在对自己的愤怒的反省中
也开始了新一天的想象

水墨画

在空濛的雨后，模拟一幅水墨画
或远或近的人物与事物
都是宁静自然的本色

我忽然，恶作剧一般地遐想

墨水和雨水同时滴到了宣纸上
漶漫不清地，悠游于自身的局限
我进一步假设，如果真的
有那么一幅水墨画
画里的那些人儿会怎么样
画外，人们又会怎么看

我是谁

深夜里独坐，不看窗外
只是静静地冥想
我是谁，将何去何从
我沉默着

外面突然下起了大雨
噼噼啪啪的，仿佛一些鞭子
狠狠地，抽打在我身上
我依旧沉默着

夜色越来越深了
雨也越下越大
在黑暗中，我守口如瓶
不说我是谁
我一直沉默着

春雨嚣张

春雨嚣张
把灯一盏一盏地浇灭了
唯独我的灯依旧
撑开一小片安静的虚空

等我的那个人
一直没有出现
我等的那个，也是

有一些行走，注定要被吞没
这是我的宿命
同时，路边的杂草
也会更加旺盛

妄想

撩动窗帘的，都是迷乱的风
那是我一点一点的凉
雨夜里，沉默逼近
有些本质，想必是浸泡过咖啡的
大地和天空相互倾斜着
隐蔽的爱情只是生活的需要
此时，我已没有谎言可以给你
我坦然安坐夜色中，悠悠地抽烟
像是一个来自虚无的人
听自己的咳嗽声，传出很远

立春

话刚说到一半，春天已经来了
酒开始淡了，香烟也变得更短
一阵春雨，正在黑夜中，潜入福建
而我无法把握其中的节奏

或快或慢，都带着颓废与忧伤
在残损的部分上弥漫
并且，深入爱情的肋骨
缓缓地渗透，等待花开的念想
如同多年前的一场风湿
无以言说的隐痛，最终融进了
草原一般辽阔无尽的缠绵

隐匿

在春雨中，一种声音很安静
像爱情
而你必须忍住夺眶的泪水
才能听清
这时候，一个婴儿最初的啼哭
正在感染着，另一种陈旧的温馨
似乎在敞亮或遮蔽的物象里
还有什么，隐匿得很深
很深

渗透

你说：下雨了。很大
我倾听着 静静地倾听着
只一会儿 我就被淋湿了
仿佛一种轨迹正在消融
仿佛我一直在大雨中来回走动

低语

我们就这样说着话
从一场雨的绽放
到另一场雨的枯萎
在深夜里 幻想如豆的火苗
疼痛被连根拔起
花开花落 掩饰身后巨大的虚无

归宿

因为雨　这个夜晚就更深了
透骨的寒冷让我平静
依靠在我肩膀上的呼吸
像出轨的列车
一朵失血的音符
顺势而下　寻找着自己的旋律

钢琴曲

这么快的一道道闪电
这么快，这么多变的情绪
来不及荡漾的涟漪
被一阵暴雨轻易就消解了
万箭穿心的透彻
像一架无人演奏的乐曲
像奔马奋蹄
穿越爱情的幻想，穿越生活的事，穿越我

我在内心默念着你的名字
在更远的地方期待着
雨水一般，亲吻别人的身体

沧桑

在雨中，活鱼被水煮
那些陌生和熟悉的意味，火辣辣的
照亮往日时光

再也没有什么比我的肉体
离我更近
雨水终将汇集成河
鱼儿却到达不了更远的远方

雨落下来的时候
我已找不到那一段柔软的鱼肚白
而苦难者依旧承受苦难

悲凉的乐曲

拉开窗帘，雨依旧下着
既不泛滥也不枯瘦
像一段颓废的爱情
幽幽地，带着从天而降的圣洁
穿越世俗的天空以及飞鸟的痕迹
独立于世
在空荡的夜晚，用简单的韵律
轻轻叩击酣睡中的梦呓

犹如生活的所有智慧
多么深情
琐碎地，在一首悲凉的乐曲里
添上几声抽泣

在雨中登三清山

那些无疾而终的灰尘已被雨水埋葬
云雾在我身边缭绕，不紧不慢
似曾相识的过往，一溜小跑
喘息急促，覆盖另一场雨
而我终于感觉到了自己的衰老
俯首躬背，看经悟道
无我之境等同于山崖上的一朵杜鹃

被淋湿的还有骨骼间的锈迹
雨水的清亮犹如刀把上的寒光
让我忍住了春天的某些欲望

没有熄灭的是另一种地久天长
我不停念叨着：玉清，上清，太清
在雨中登三清山，我满身是痛
连绵起伏的山峦像一个个好看的乳房
除此之外，我不敢有太多的联想

在秋雨中独自品茗

再怎么沸腾的生活
也都要沉淀下来
譬如秋天的茶，平心静气

煎熬后的重生，晚于暴雨的突袭
事物退回到水里，已不再青涩
自由，无束，对于我来说
雨意即是最美好的诗意

在秋雨中独自品茗
其实是更亲切地活在世俗里
若不是时间的默许
没有人能够全身而退
在秋雨中，我独自冥想，听雨，品茗
任凭时光一寸一寸把我淹没
波澜不惊，清心，寡欲

午后的一场暴雨

大地暗淡时，意念已阑珊
午后的一场暴雨，防不胜防
碎瓷般的忧伤，噼啪作响
偶然是命中的证据
内心的疤痕，像旷野撕开闪电
尘埃落定之后山河还是旧貌
可以确定的是
我有近忧，但无远虑
这样的午后我多么向往
尘世喧嚣，人们都在雨中蹚着浑水
而我独善其身，坐井观天
一本书，一杯茶，一支烟
已足以安置我一生的淡泊，和宁静
无须明志，无须致远

暴雨之前

我的伞就开放在暴雨之前
这是值得庆幸的
异常冲动的夏天
像情人一样老谋深算

更值得庆幸的是
鸟的红爪下
所有洞穿世界的窗户
都已噼啪关上
没有一处我所认识的城墙
能像此刻这样安详
风儿如带鱼优美的身段
频频滑过惆怅的街道
生活的味很淡也很咸
这些许久以前的情感
发生在我写的一首诗里
如今我重新体验
我知道暴雨即将来临
暴雨之前我无奈并且深刻
好在我的伞就开放在暴雨之前

我感觉到暴雨即将落下
狠命地打击
我高高撑起的伞

在暴雨中

在暴雨中
谁的舞蹈像我的模样

残枝激烈地摇曳
或者折断
败叶的结果远离故土
在一片坠落声中埋葬秋天

在暴雨中
我听到的是一只小鸟的歌唱
一只羽毛未丰的小鸟
一只扑棱欲飞的小鸟
一只无助的小鸟
一只英勇的小鸟
在枯木迎风鼓瑟的枝头独自舞蹈 歌唱

在暴雨中
捋过湿漉漉的头发

我一直宁静地倾听
小鸟的歌唱

欲望之水

依然是那些肥大的雨水
让我听到了河流上涨的声音
在七月，触目都是欲望

如果有小小的间隙，可以迟疑，可以
喧嚣，或者
在血管里饲养群马，穿越预言
或者百年不遇
已经遭遇的，直接把自己逼到悬崖上
在台风停歇后，重新生活
重新宣泄，像一种火焰
重新，煽动人间热土红尘万丈
让一座没有了下水道的城
潜伏于岁月深处的良知，更加饱满

走在雨中

走在雨中
阳光离我很远
水源源不断
在我的身体内外回响

一些人在雨前逃难
一些花在雨后开放
我独自在雨中歌唱

脚下的路
每前行一步都刻骨铭心
世界简单而纯粹
充满淳朴动人的语言
我的裤管上
沾满了尘世的污点

雨水沿着道路流淌
我循着来路
返回家园

动人的雨

拍节而歌
大胆地承包雨意
于这江南动人的雨中
忘却或者回忆

小雨中　一切都荒凉不堪了
一个声音陪伴疲劳的烟蒂
弹落在春天的草地
沉默让位于残酷的孤独
哭声也忘了归期
唯有一面黄色的酒幡
摇响对杏花村的记忆

鸟儿留下的树枝弯弯曲曲
我开始有点不知所措
我不想再从指缝里看世界
撑伞的手臂
尽力向天空托举
以无角度姿势
走出城市繁杂的生理状态
风流在这独处一隅的雨季里

悬念

我出门在外
路上遭遇暴雨
我冒雨跑进街对面的商店
我买了一把伞
我再也不怕被雨淋湿了
我撑着伞重新上路
雨却停了

第三种情绪

望日子从屋檐下无声无息地飘落
日子如雨

雨正下着
雨的影响
已遍及精神的家园
在雨中

我和一个已经不再爱我的女人叙旧
脸上的笑容
是伤口的蔓延

在这些漂泊的岁月里
我常常滋生一种忆念
但所有的道路了无痕迹
只有一片瓦砾被风掀翻
摔碎在无人的街上
很响

我知道春天为什么总是下雨

我知道春天为什么总是下雨
像一个过错
或者是一场游戏

这时火车已经进站了
我知道总有一天我们要分离
火车既然进站了
就会打雷
就会下雨
就会有空荡荡的风
脆裂的气息

就像那些无法抛弃的
零零碎碎的过去

我知道春天为什么总是下雨
我知道总有一天我们要分离
就像那堵拆开的墙
拆开了
便留不下任何痕迹

从前的爱情

从前的爱情，在雨声中静止
我悄悄看到你涉水的步态
沿途的鸟鸣闪着温馨的颜色
邱，我选用的最精致的石子
能荡起几圈涟漪

我在一扇深切的窗户里驻足
那是一个动人的雨季
清朗的雨声正穿透石头和我的躯体
切开音乐
陌生的风景次第绽现
邱，你泪流满面的时候
我已体验到一种深刻的内涵

我们被雨水重重围困
轻柔而冷冽的雨水
覆盖我们一生
一坛久置的老酒
揭开坛盖便天昏地暗
令人沉醉

在直达秋天的路上我风尘仆仆
而从前的爱情
仍在眼眶里淅沥

第五辑　盛大的秋天

盛大的秋天

像风声一样，一天天地辽阔起来
秋天盛大，同时挂满了尘埃
在悠远与苍茫里，暧昧渐长

其实，往事并不如烟
烟熏过的眼神，更水灵
依稀记得我回头的那一瞬间
你正微笑，有一些微细的光
孤单而绝望，像头顶的天空
除了几朵闲云，余下的便是空旷

这样的情景毕竟有些清凉
我们各自坐在对方的冥想里
等待着一阵微风的轻拂
细腻，并且不动声色
回味起那些已被风干的过往
日渐消瘦地衬托出这个盛大的秋天

秋天的气息

那一瞬间
或许不是谁都拥有秋高气爽的感觉
不是谁都具备秋风扫落叶的傲气
倘若想象可以支撑幸福 在更远的距离之外
我的存在都因你的存在而焦灼
我的呼吸都因你的气息而窒息
而你无所不在，无时不在
在秋天
你有你的幻想，我有我的隐秘

秋天的表情

秋天再次来临时，我开始想象
死亡，它和幸福一样
离我不远

我会制定一些规划，一切与你无关

我会微笑着听别人谈论你
仿佛在谈论一个陌生人
曾经，我们就是这样学会爱情
如今又恢复了初始的形状

或者
与其说是害怕这一天的到来
不如说我更盼望预言成真
这样，所有的风花雪月
就真的与你无关了

立秋

立秋了，隐士还在山中
我在书本里不同的季节躁动
无数人的肺腑冒着热气
并投身于另外的生活
而我目睹的盛夏
词语间燃起烈焰
照见了自己局部的疼痛

秋风赋

秋风吹着秋风，同时席卷我
在我的光头上荡漾

白发已被收割
曾经的繁荣和挣扎
越来越空虚
黄昏弥漫的世界轻薄如蝉翼

面对这暮色迷离的秋风
我开始梳理一段段紊乱的记忆
柔软的仇，或缠绵的恨
最终都像猫一样弓紧了身体

无可替代的，恍惚是在传说中
某些东西已经不在了，随着秋风
被展开，却又不落痕迹

秋意浓

夜在西窗外黑得厉害
几乎什么都看不见
时间不断地遮蔽住过往
另有一些事情，不可言传

今夜苍山已老，秋风模仿我的咳嗽
我首先完成的一件事就是想象
多年来，我心疼的一个忧郁的女人
她总在重复着朗读我的诗句
重复着，从午夜出发
忧郁地行走在没有乡愁的异乡

直到清晨的鸟鸣悄然返回枝头
相爱的人儿，却不像我诗歌描述的模样

中秋

风声掠过空旷的耳际
明月袭击着内心的囚徒
这样的夜晚，远方与我无关
即便是一个浩瀚的词汇
落到中秋，也不过是隐匿的愿望

就像在记忆中，等待夜色弥漫
轻轻覆盖了人世的盛宴
全部月光，仿佛只为一句名言：
但愿人长久，千里共婵娟

那么，来吧，我无所傍依的情人
并不是所有颓废，都能够尽收眼底
比烟花更美的，归根结底依旧是爱情
中秋浅薄的凉，未及深远
我便在秋风里听到了一声崩裂
蓦然回首，月光已跌落大地
所有浮华，都成碎片

深秋

这遍布内心深处的暗伤
这森然而至的凛凛杀气
这深深的秋天

阴云密布　灵魂动荡
唯雁声在博大的天空盘旋
但此刻谁能撕裂我依旧从容的笑脸
让我耗尽剩下的最后一点勇敢

坐在故乡的井里观天
我在美丽家园的废墟之上
落叶一片片飘扬　从内心到达指尖
这距离多么漫长
可是火焰　埋我入土又逼我萌发
在我身旁　玻璃花瓶静静地开放

那孤芳自赏的是谁
那唯一的亮色
那蓬勃的光芒
我看见一身傲骨的菊花
在惊呼秋深之后

被剥夺了武装

深秋 比深秋更深的又是什么
当最后的山楂做成了果酱
生命的一切曲线
都已等到这深深的秋天

深秋的语言

深秋的语言 事实上是那些鲜红的血液
在枝头 尖刀晃动
抛弃了生命中腐朽的部分

没有什么忧伤的歌子描绘痛苦的形状
这是深秋的果园 最后的火焰擦肩而过
一些果核逐渐糜烂
另一些果核被埋进土里

我很认真地思想远离自己的事

除了水和阳光 没有任何物质可以依赖
只有不朽的精神 我们经风历雨的灵魂
在语言无法企及的高度 超越感悟

使所有的果树垂下丰硕的头颅
在努力生活之外 回忆一生的创痛
怀念永远

直到一切果子在深秋的果园成熟
直到一切生命在春天的荒原苏醒

当秋天已经猎猎作响

那一瞬间
我再一次写到秋天
我的身体也同时抵达
从短暂的旅行开始
像一片树叶快乐地哆嗦着
这应该是我一生中最美好的时光了
一种秋收之后一无所有的空旷
正在我黑白相间的头发上
随风招展

从夏天想到了秋天

经常的，一进入夏天
我就想到了秋天
或许我已习惯了沧桑世事
无须挥霍夏天热血沸腾的激情

都说秋风扫落叶
当我落到低处
却获得了更多的欢欣

就像现在的样子，季节
只是时间的一种错觉
我在自己的风口倾听万物的丰盈
从夏天到秋天，恰恰是
一支烟燃到尽头时，微弱的颤音

仿佛前世的身影
被爱过的，已抵达心灵
在夏天到秋天的空隙
埋下，过往的风暴，和未来的寂静

像闪电提前抵达秋天

仿佛大地的引力
无法拉直弯曲的闪电
我的忧郁总是难以对抗现实
在夏季，我梦想着提前抵达秋天
我构筑的人间烟火
秋风怎样吹，就怎样弥散

我望着窗外的树木
联想一个人老去的过程
其实也很简单
我情愿自己更衰败一些
开始的和结束的，速度与激情
像闪电提前抵达秋天
像一种心胸和目光可以穿越尘埃
将回响，留一半在树上

记叙一个秋天的早晨

一夜风雨，又见遍地落花
雨还是昨天的那一场
比黄花瘦的命运，也依旧没有改变
确切地说，只是我心里难免有些惘然

曾经的，那些雨水追赶的过往
像远逝的青春里的一场暗恋
许多时候，虚无的行程落花一样铺开
似乎，也提前预支了我的惆怅

这是纷繁岁月里触目惊心的生命景观
每一步，都有隐秘的死亡留给遗忘
而此刻，晨风正轻拂我的倦容
我推开窗，和秋天一起，渐渐地清淡

记叙一个秋天的下午

下午四点，阳光移动了树影
不冷不热。幽暗处传来一棵凤凰木
年迈的叹息

我手握画笔坐在树下涂改风景
我要给树们戴上绿帽子
让它们在黄昏之前返回早晨

我蘸满色彩的调色板也是一种心境
总想在秋天里留下更多的想象
甚至，把一切残酷都变成美好安静

即便是背着光，也能在画面旋起微风
让一些善意的愿望脱颖而出
或者清肝明目，或者温暖心灵

深入秋天

深入秋天，居然有些狠狠的快感
无非是要忽略那些欣欣向荣的假象
从中秋开始，守着一棵老树
看它的叶子慢慢地枯黄
如果这时，窗外有秋风掠过
你更不必在乎自己的憔悴
要相信，终老一生都会有某种惦念

若再凭栏，岸边灯火越看越远
明媚深处必然没有往日的朝夕缠绵
秋深了，脆弱姿态正值夜色阑珊
我们甚至可以重蹈覆辙
放任自己如一片叶子在风中飘荡
其实，谁也无法感知到未来生活的去向
深入秋天，不过是展开了人间的某些悲凉

迷乱的时光

这一刻，我们肩并肩挨着
在野外草坡上回想当年
当年，我在众人远眺的地方
把来生张望

爱情来了
请你在奈何桥上等几年
我要借来神话中最精彩的那一段
我还要把我的忧郁
还给秋天

泣别

正如那首后宫里传来的乐曲
我在秋天里最惆怅的遐想
游离于人间烟火之外
仿若虚象的灰烬

比泪水更轻，在一把长箫的根部
蛀空了内心

像一个深怀忧伤的人
冷落清秋
绝口不提爱情

秋夜阑珊

微风起，秋夜阑珊逼近
推窗眺望，远处的灯
就像我们留给这个世界的补丁

有些虚无我无法缥缈
至今，我仍然搬不动自己的身影
我只看见一团孤独
默默地，在暗中变得坚定
仿佛一片美好的景象
总在犯愁，几乎颓废一样神秘
并且，在梦中
悄悄酝酿着爱情

事实上，在秋夜里
当微风吹拂一切微弱的事物
我的内心，便从此不再宁静

一夜灿烂的灯火

仿佛，我秋天里漫长的期待
我曾经辜负过的某些欢愉
像被随手打碎的瓷器
闪烁于惊慌失措的人群中
眼睁睁地看着
那一夜灿烂的灯火，向内心蔓延

我无法描绘那些锋利的事物
我只能在自我觉悟中淘洗夜色

秋风像半瓶水在大地上摇晃
夜晚终将被坐成一张薄纸
我一个人在黑暗中，成为自己的囚徒

更遥远的剧情里，情绪由内而外
慢慢地，漫了过来
如同一夜灿烂的灯火
将一个喧嚣的世界化为灰烬

夜里行走的人

夜里行走的人，怀揣倦意
看上去似乎有些凶险
不是别的，是隐约的灯光
把一个人改变

不远处，半个秋天已被掩埋
一些隐秘的低语，只有自己听见
夜里行走的人，挟带一路风霜
面目全非，渐渐走远

而我在上路之前，确实有些慌乱
人世的道路本身充满迷惘
我不得不把自己逼到一个角落
模仿夜里行走的人，走向远方

窗外

随便打开一扇窗
都足以令人眼花缭乱
我所看到的一些光线，故事，细节，或小情绪
酷似某种真相

在一个虚构的现实场景里，你背影修长
爱情已经改变了形状

我守望着，站在比喻中
这唯美的距离，仿佛一段推迟成熟的
秋天

若即若离

秋天沿着树梢后退
绿色日渐消瘦

写这首诗的时候
我也老了
昨夜掉落的树叶
卡在枝丫上

我默默地旁观
那些若即若离的事物
仿佛，始终躲不开宿命的纠缠

沉迷

我喜欢长时间沉迷于某个景象
比如眼前这无序的秋天
我沉迷的工地上万象丛生

只要有足够的耐心
我便可以构筑比现实更浩大的梦想

我长时间沉迷于自我
比如一个人对另一个人的想念
深不可测的事物宁静而忧伤
就好像时间已停止了呼吸，就好像
秋天原本已不是秋天

我一直沉迷着的诗歌
是我一个手势想要构筑或废除的空间
我用于造句的所有诗意的语言
每一个词都区别于另一个词
每一个出窍的灵魂，都冒着青烟

我喜欢长时间地沉迷着
比如似醉非醉的一种状态
看着自己掌握的酒杯啪的一声掉落地上
瞬间，我强调的是瞬间
梦想就破裂成绝望的碎片

执念

秋风拂过一棵老树
枝头上有叶子飘落了
轻轻地，就像一个人的晚年
要来的时候没有任何声响

下午茶时光

似乎，比爱情持久
隐秘激情的释放，几世轮回
总在重复人间悲欣交集的欲望

努力把自己逼回早年的时光
那挂满露珠的绿叶，内心的甘甜
仿佛一个人的柔情，流水般循环

所有的苦难也都是一种过程
远远近近的尘世，一个走远了

但另一个又重新舒展

而此刻，秋风正吹动古典的斜阳
缓慢地流逝，缓慢地
把持着，生命里的起伏跌宕

刀片

这时夜色是坚定的
奢侈的宁静使我如临深渊
中秋里到处潜伏着亲人
月光的阴影，来自爱情的纪念

我默默地清算着某些艰辛和寂灭
清算着自己曾经的躁动和迷乱
往日岁月，狐狸般一个个溜走了
余下的光阴，我退守在秋天
仿佛一把摧枯拉朽的琴
虚弱的身体已接近一片废墟
沧海月明，偏安一隅，却始终清凉
而那一败涂地的细碎的月光
静默得恰如掩埋了内心隐痛的波澜

如果这时再有秋风锐利地刮过

锋芒毕露的日子，直接抵达深秋
历经了悲欣交集的磨砺
所有月光，都成为切割思念的刀片

谛听

一把刀，在头顶照耀我们一生
在透骨的风中 一阵清凉
九月在往事的部落暴露怀旧的媚骨
这些外在的阴谋手拉手进入秋天

酷似哑蝉 回家的蚂蚁
在分娩的声音中迷失方向
仿佛低谷中的凌云之志 不明飞行物
在穷困的双眸里殊死盘旋

一缕白发飘向枝头 如飞鸟
难以操持 美酒在醉态的渴意里
纯粹而蓬勃地荡漾

所有的前景都如此细微 秩序井然
犹如来自体内深处的每一种愿望
首先被渗透的是身怀绝技的梦呓
最后被渗透的是失明的明天

独语

整个秋天我努力总结 无与伦比的经验
灵魂正冒着热气 在风中做梦的唇
灿烂的呼吸爬满了各种各样的比喻

譬如在哲学苍白的内心
将手指植进前额 耐心等待花期
眺望时间在一片秋叶上变浅
没有骑手的马 木然返回
如同我们倚在母亲怀里

譬如在梦中日益逼近的光辉
我隐居在自己的墓穴里
在肢解的白骨上寻找祖先的姓氏

譬如一只断线的风筝
跌落悬崖的阴影里
譬如横过子夜的乐器
穿透大海深处鱼的歌喉
譬如酒精中移动的脉搏
经过刀锋又回到我们的躯体
譬如脑髓里疯长的植物

坚守在敌意盎然的高地
譬如金属和水的声音
石头与钢铁的粉末拒绝游离

譬如我一生中最美好的品德
所有的酸甜和苦辣 一一舍弃

九月不大

已过中秋，但天气尚且温热
九月不大，风也不够凉爽
随意看过去，闽南的所有植物
依旧停留在春天

时光再退一步，昨天又回到今天
我的梦想仍然只是梦想
或许到了冬天
流水会比石头更坚硬
我们围着火和灰烬，方能感知冷暖

而九月确实不大，有些东西
也并非可以轻易看穿
尤其是
当我对自己卑微的生命深感内疚

我会尽力抛开一切恩怨，并且
真诚感谢，那些我经历过的九月
以及即将来临的深秋的荒凉

一生欠安

十月不声不响
很快便走进了秋天
之后，我一直无法避开
生活里的各种比喻

比如我失眠的习惯
总能在暗夜里
听见窗外秋风吹灭路灯的气息

比如一杯咖啡喝到凌晨
渐渐便有了一生欠安的颓废
过去的梦想却已遥不可及

比如我写下的诗句
或许将在这个秋天重逢
并且沉淀出一个清瘦的词语
在转身之间，悲欣交集